戴枷鎖的舞者

方秋停／著

目次

第二章　與狼共舞——千奇百怪的病況

第四章　如影隨形的關照——陪病者的天空

第七章　持續舞動精彩人生

【推薦序】

我們都該認識的紅斑性狼瘡

廖輝英（小說家）

根據衛福部二〇二三年七月統計，全台領有重大傷病卡的全身性紅斑性狼瘡患者約有二萬五千四百人，特別好發於二十至四十九歲年輕女性。當然，男性、老人及孩童亦可能得病。

光以這樣簡略的一個數字，到底要如何讓所有未罹病，或家人中未有罹此病者，更有詳盡且效率高的對應這個無法有效根除、無法痊癒、又經常突發性發作、很難一次性確診出是此病而摸索胡亂投醫，延遲有效治療的現象得以改善。

紅斑性狼瘡主要用藥為類固醇與奎寧，容易引發軟組織脆弱及骨質疏鬆及視力問題，倘若攻擊主要器官，更要留意心肺腎臟等的問題。因此除了狼瘡控制好之外，還須注意周邊衍生的問題。最讓狼瘡患者感到疲乏痛苦的是除了免疫風濕科固定門診外、還要看眼科、皮膚科、感染、心臟科等。

紅斑性狼瘡的病症本身就極痛苦：關節骨頭肌肉痛、身體像被綁起來一般，活動、走路、彎曲、用力、提物，又痛又無法行動。每次發作只有更痛，很難緩解。身體影響情緒，只有透過不斷自勵、自強、自我安慰。

此外，很多人一聽病名或見狼瘡的各種紅斑誤以為此病會傳染，言行間便有歧視。而當患者至其他科看病療效不好，醫護人員有時也會將肇因推給紅斑性狼瘡。每個狼瘡患者病況極不相同，上班時旁人往往會用一般人的標準看待病患，要求他們做體力或環境上不能負荷的事情。目前政府對紅斑性狼瘡患者的工作權益照顧不周，可請領的補助非常少，連保險都不容易保，感覺不夠友善。罹此疾病，除了自己要樂觀堅強、家人支持安慰、需有相關病人組成的協會可以交流資訊互相打氣外，政府的角色也很重要，可惜目前各國對此的投注仍嫌不足！

以美國為例，根據唐娜・傑克森・中澤著作的《自體免疫戰爭》（原作二〇〇八年出版）：「目前國家衛生研究院每年花在自體免疫研究上的經費只有五億九千一百二十萬元，是花在愛滋病研究經費的六分之一而已，而受愛滋病毒影響的美國人口不到九十萬，癌症每年的研究經費比自體免疫性疾病的經費高出十倍，但是受癌症影響的人數卻遠不及受自體免疫疾病影響的一半。而這影響將近一百五十萬名美國人（或初估每兩百人就有一人）的疾病，可以從輕緩期，也就是幾乎沒有出現任何慢性病症，瞬間轉為會危及生命的危機。」

有鑑於此，政府是否該把它當一回事，對這些患者給予更有希望的努力或救援？

我認識秋停多年，之前因工作關係每年要見面數次，她清新美麗、溫婉動人，當時已為散文名家。這幾年見面較少孰料她竟罹此病。懷著極度不捨的心情讀完書稿，不禁佩服她的勇氣，也為其夫婿的細膩用心、深情陪伴所感動。秋停於二〇一五年發病，病後長期受關節炎之苦、兩腳皆動過刀、並多次參加醫療實驗，而她仍然堅守崗位，善盡為人師及妻母職責，即便憂心痛苦仍懷抱希望，人生觀更趨圓熟。從此紀實作品讀者可具體了解紅斑性狼瘡的發病及治療狀況；體會罹病者的感受及其如何接受、超脫的心理過程；更可思索家中若有人生病，陪病者與病患間的互動調整。這是一本將病痛轉成正能量的真情之作。

【推薦序】

與病共存的生命哲學

陳憲仁（作家、學者、明道文藝創社社長）

近年來，雖然在報紙副刊上讀到一些方秋停病中生活的文章，但偶遇見，仍見她一切如常，故不以為意，哪知她把所有的醫療文章要彙整出版時，我才知道這幾年來，她是如何在病痛中勇敢的生活著。

她患了紅斑性狼瘡後，多種疾病纏身，看病成為生活日常。全書從發病、身體出了問題寫起，接著敘述「紅斑性狼瘡」的病況，更提出了生病者面對的工作與生活，當然也寫到陪病者的可佩，更特別的是，有專門的一章，寫她參加「跨國醫療實驗」為醫療作奉獻的記錄，同時，她也描述了一些病友的情形。所以，這本書，不是她個人生病中的呢喃之語，而是讓人了解「紅斑性狼瘡」的病況，讓人了解生病人的心情，以及生病者面對困境應有的心理建設和應對的態度。當然，更可貴的是，讀這本書，足以讓人和她一樣，持續舞動精彩人生。

從書中，我們才知道，生病的人有多痛苦，肉體的痛苦、精神的痛苦，甚至連吃藥都是痛苦的，如：藥彷彿是一把雙面刃，藥毒合一，病人對藥是又愛又恨，期待滅藥，又怕受傷害；且吃藥後，病痛與解藥激烈攻防，身體宛如是戰場。

雖然如此，但我們看她從不訴苦，她還認為工作具有療癒功能，因此仍和平常一樣工作與生活，照常去上課、演講，照常做家事，讓生活踏實。

這看起來好像很簡單，其實是極不容易的，因為生病的人，尤其受慢性病侵襲的人，常是憂鬱纏身、身心俱疲，甚至於還會遭遇許多有形無形的壓力，唯有能夠調整心態，學習與病共處，並能壯大意志力，才能像她一樣，化苦為甜，化病為喜。她的書中，呈現的就是這樣的正能量。

書中，我們還讀到了她生病後的人生體悟，她說：罹病後讓人更加珍惜生命，更加關心自己，學會珍惜與感激。她認為：失去健康後才能醒悟，反而因禍得福。

這是多有哲理的體會啊！

其實，這本書從頭到尾就是一本思索人生意義、探討生命哲學的書。

首先，每篇題目底下的引言，都有生命哲理，如〈牢籠〉引佛陀的話「你不會因為憤怒而遭受懲罰，你的憤怒卻會懲罰你」；〈左腳與右腳的距離〉引史懷哲的話「休息不是偷懶，那是一帖藥」；這些哲言除了言簡意賅外，有的還可以無限延伸，如〈歡喜飲食〉中引古希臘哲學家德漠克利特「一生沒有宴飲，就像一條長路沒有旅店一樣」，如果將「沒有宴飲」引申為「沒有生病」，那麼沒有生病也就像沒有休息過一樣，這就看出了她面對病痛的態度了，也正是她與病共存，不把生病看成災難的哲學，她連書中最後一句：「生病不等於毀滅，戴著腳鐐仍可起舞，舞出耐人尋味的情節。」都是充滿哲思的結語。這些深具生命哲理的話，處處皆有，讓人讀了，勇氣直上！

這本書，真的誠如作者序文題目〈上天賜予的生命之書〉，且這本書，不只賜予方秋停，也是賜給所有讀者，我們除了欣賞她的優美文章外，也獲得了她賜予讀者的勇氣和面對病痛的正確想法！

【推薦序】

獻給勇敢的人

徐國能（作家、臺灣師範大學中文系教授）

散文書寫不僅需要豐富的生活經驗，同時也需要敏銳而優雅的文字將生活裡的微小事件賦予深刻意涵，在此之外，我常認為，散文寫作是一件需要勇氣的挑戰。

這並不是指散文寫作者須有足夠的勇氣將自己內在或私密的事件揭露出來，讓讀者在窺探奇特經驗的過程中感到滿足。所謂的勇氣，是指重新面對深刻傷害自我的事件，以及面對這件事的情緒波動，尤其是心靈深刻的影響——那也許是我們想要遺忘，不再希望想起的一段苦難感受。因此也可以說，寫作讓我們挑戰這個埋藏在心底的幽幽情緒，並以重生者的姿態重新釐清那些曾經困擾、傷害甚至擊潰我們的心路歷程。寫作者在平靜中以帶有美與憐憫的眼光，回顧自我之傷，訴說並療癒，若非勇者，很難達到這樣的境界。

根據我的經驗，寫作的過程總是帶著壓力與痛苦，當我們挖掘了許多埋在心底深處的情緒時，文字可以幫助我們重新解釋與安慰那個當下失落的時刻。而這樣的文字，對於讀者來說，也同樣具有安慰的力量。我讀了秋停老師的作品，心中的確有這樣的感受。

《戴枷鎖的舞者》是一段對病程的回顧，疾病所帶來的不僅是身體上的痛苦，同時還有心靈上的徬徨以及感情上的脆弱，這還包括了對人生意義的反覆質疑。因此我在讀了秋停老師，用非常樸素的筆調，記錄了罹患紅斑性狼瘡這個免疫疾病的過程，心中充滿了感動，我相信，有許多人，也正為這樣的症狀所苦，方老師的文字也許可以安慰許多曾經陷於黑暗中的病友，透過她的書寫，看到對抗疾病，重新找回人生光明的希望。

方老師是非常勤奮的散文家，即使在病中，也用文字不斷記錄與支持自己的療程，這一個寶貴的紀實之篇，《戴枷鎖的舞者》帶有生命書寫的色彩，可能已經超越了文學本身的意義；尤其可貴的是本書也成為醫病關係上的一種參考依據。我想，很少有病人能夠以文字那麼精準地表現自己的諸多症狀，包括心理及生理這兩種層面，或許未來在醫療的現場，這些文字所寄所在，亦可以協助醫護人員在理解病患的生理狀況之餘，同時也能體會病患焦急與擔憂的心情，而做出更具有溫度的醫療行為。

方老師的寫作，不僅是一個記錄，也是一個勇敢的故事。在書中，我似乎能感受到疾病來時心靈的煎熬；但在書中同時也感受到了愛的包容與支持，那些點點滴滴的記述，無一不是帶有深刻情感的回顧。尤其是我讀到身為老師的作者，強撐病體到學校上課，每一步都非常艱難，但是方老師仍舊堅毅完成為人師表的使命，展現了一位為師者的自我期許，我在這些字句當中，看到了一種尊嚴與奉獻的光輝。

我常常認為，人生是一趟非常神奇的旅程，無處不充滿了奇異的緣分。而在生命的各個階段，因為這種緣分，也讓我們產生了更多的智慧。隨著年齡，我和我周圍的朋友們，聊天的話題，不知何時，聊到健康或疾病等等相關的議題比例也漸漸提高，如何治療、如何養病、如何保健，又如何面對自己或家人在疾病來襲時的情緒……。這些問題，是年輕時的我從來沒有想過的。然而在許多的對話中，我感到現代醫學固然有非常進步的一面，但是家人的支持，情感的交流，有時是對抗諸多疾病重要的一環。秋停老師的這本書，不只是敘述一段對抗紅斑性狼瘡的故事，我認為更是一個愛的故事，反覆閱讀多次，在裡面發現許多感動的細節，也許這就是一位勇敢的寫作者，所要獻給世界，最好的安慰，最大的禮物。

作者以「舞者」自許，在疾病的枷鎖中仍然以文字展現生命優美的風姿，字字句句都是生命之美。這是一本讓我感動的作品，我們生命充滿考驗，恭喜方老師完成了這部艱難的作品，也願我的朋友們，都能身心健康。

【自序】

上天賜予的生命之書

假如今生注定要生這場病，此書便於命運安排下完成。

二〇一五年夏天與家人暢遊日本，行跡遍及輕井澤、東京與大阪；同年八月與文友飛抵福建進行交流，登臨武夷山、乘竹筏徜徉九曲溪綠波；深秋更飛往銀杏黃豔、紅葉繽紛的南京，心情數度飛起，視野隨之開闊。孰料潛藏病因暗中活躍，於我最激越之際發作。

與一場驚險車禍擦身而過，隔天醒來大拇指僵硬並漸蔓延至其他部位，手臂難以伸直舉高，膝蓋疼痛渾身如被綑綁。於是至骨科進行復健，幾經熱敷、電療、超音波治療未見成效！服藥、打針，祈求神明庇佑更盼惡靈鬆手讓時間解決一切，而病況越演越烈並未緩解，只得繼續求醫。之後轉往免疫風濕科接受一連串檢查，檢驗報告出來，確定罹患紅斑性狼瘡！

重症之名帶來震撼，未具心理準備即須接受治療，希樂葆、必賴克廔膜衣錠及人人聞之色變的樂爾爽錠（即類固醇）服進體內，忙著撲滅燎原之火亦擔心災後景況，身體淪為戰場，病毒、解藥激烈攻防。

確診後被迫成為醫院常客，血、尿檢查成為診斷依據，往昔最不願涉及的責罰成為日常，生活幡然改變。

紅斑性狼瘡如魔術師般引發千奇百怪症狀，胸悶、脹氣、頭暈……，生理混亂，渾身不適。免疫風濕科之外，接連也掛了婦科、腸胃、心臟科門診，多次被送急診、甚至看了精神科，於醫生建議下服用抗憂鬱藥。從初始的慌亂至後來接受一連串治療，許多時間滯留診間，於發炎指數及服藥劑量天平間擺盪。期間除體驗自身疾病，亦目睹各種醫病現象，對人生有諸多感觸。

前路遭遇大崩塌，不知將陷落至何地步。天崩地裂後，地球依然轉動，我不再是原來的我卻依然是我，與旁人關係仍要維持。痠疼長駐，不舒服成為常態，幾經談判、協調，只好與之和平共處。

初始未曾想過敘寫病情，而頑疾久纏不去且成為生活主旋律，俯仰坐臥憂喜悲歡、與人互動全受它影響。

安納托·卜若雅於《病人狂想曲》中提到：病其實是一齣戲，應該可以欣賞也可以討厭。他認為病是故事不是災難，故事像抗體，可以用於克服疾病與痛楚，並主張人應可生完一場有格調的病，以「一種清晰的目睹」來看待自己的疾病。另類生病哲學新人耳目，鼓舞我書寫這系列文章。

霧露凝聚成雲蔚為抬頭即見的風景，我如習畫者為之進行寫生，不確定書寫能緩解多少痛苦，卻為我平凡的生命歷程增添深刻內容。感謝醫護人員盡力治療、家人一路陪伴支持，謝謝國藝會的資助及聯合文學合作出版，謹以此書獻予關心我的親友及所有病友。

戴枷鎖的舞者

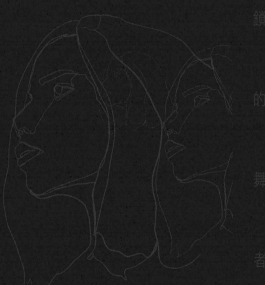

紅斑性狼瘡如惡靈般突然扣門，
病發初期四處求診、於骨科、
復健科接受各種診療，差點錯過黃金治療期。
之後常感覺胸悶，呼吸不順，
接連掛了婦科、心臟科、腸胃、
甚至精神科……，
世界忽焉改變，讓人不知所措。

第一章
陷落的生命舞台——病發當時

前路彎轉時

只有當料想不到的事情真的發生了，我們才會完全明瞭生命的奇蹟。
——保羅・科賀《我坐在琵卓河畔，哭泣》

與車禍擦身而過，以為幸運逃過一劫，殊不知人生從此彎轉！

往尾牙宴路上越往前車流量越大，暮色轉暗仍困車陣。順著車流行至十字路口才發現走錯車道，被迫左轉心神慌亂，而說時遲那時快，右邊一輛直行車急衝過來，幾乎與我撞在一塊。

對方下車對我咆哮，隔著車窗聽不清楚，只覺千軍萬馬自四面奔來，我身陷沙場。四輪於車道間猶豫不決，後方不知哪來的車窗被搖下來，車內暴吼出怒氣：「妳到底會不會開車啊？」

我驚慌失措惶惶如夢初醒！

前路壅塞，我緊握方向盤如抓浮木，紅黃車燈如鬼火般熒閃周圍，始終無法抵達宴會餐廳……

*

隔天醒來不記得昨晚到底發生了什麼事，只覺左右手大拇根連至手腕極其腫痛。我和那車有撞著嗎？另一駕駛為何追來罵我？食不知味的尾牙宴後來如何？……，諸多疑點積存心中，而那殘留之痛如藤蔓於體內蔓延，夜裡躺平或側身皆不舒服。清晨欲起身卻無法動彈——啊，到底怎麼一回事？明明未被撞著怎覺一身傷！

以為時間可以療癒，短暫疼痛將如潮水自動退去，夜裡渾身仍被緊綑住，勉強想要移動卻受強力拉扯，一處喊痛全身響應，下床變得極為艱困。生活籠罩陰霾，入夜祈請睡眠緩解緊張，白天求痛饒赦，而大拇指與食指持續僵硬，舉刀無力剁菜也有困難，更別提將檸檬擰出汁來。

初始不想告訴H那奇幻夜晚發生了什麼事，事實上連我自己都搞不清楚。他或許會怪我不該自己開車到鬧區，是啊！H明明說要載我去的，我偏想要自己完成這看似簡單的任務，未料竟然發生這樣的事！現在想起來有些後悔，而事情既已發生只能面對。唉！上天也許正跟我開個玩笑，我考慮要如何告訴H。

關節如被繩纏結，一個個緊勒著！

晚間散步時故作輕鬆對H說道：「我的大拇根好痛！」

「怎會這樣？妳有跌倒嗎？」

「沒啊！」我意圖隱匿險出車禍的事！

「怎麼了？多久了？……」

紅磚道繼續往前，路旁樹蔭迷離相連，心知一開口便得就醫，此後便是一連串的掛號、診療、檢驗、服藥、等候宣判……，生活將轉至抗病模式！

*

吞服消炎及肌肉鬆弛劑做復健，一個痛點拉出一條線，感覺電流穿透皮層，試圖制伏桀驁不馴的痛源；或者聽從物理治療師指示，拿著超音波磁頭摩挲患部，輕緩塗抹，催眠誘導或與匿藏皮下的怪獸協商……，耐性等候，天天期待轉機卻不見成效，只好任由針頭刺入，相信特效藥的威力，無奈一陣腫脹後，痛仍然存在，手腕、膝蓋更加緊繃。身體莫名興起戰役，本想速戰速決卻打成迷糊爛仗！骨架身軀，筋脈血管相織連，傷痛滯留不去，一動便疼，手腳連袂抗議，不知如何平息這局面？

一張張X光片於白亮燈光前顯出，十指如扇面張開，受蝕圖像似殘缺素描，瞧望那穿透血肉的景觀，仔細回想其中情節，自己到底做錯了什麼？

時間流轉，夜在滲漏，膝蓋經常無故又痠疼起來。我小心移動，虔誠和身體對話——珍愛、忍耐，痛與傷，且讓我們和平共處！

我如格列佛渾身被釘木樁纏綁著，身體遭受莫名凌虐。啊，膝蓋兩邊經常腫痛，膝後筋脈糾結，站起時劇痛，藥劑加量卻難緩解，人生為何遭遇這劫難？小舟被激流狂濤衝撞，一波波巨浪如鬼魅襲來，船將翻覆風雨仍未歇止！

眼前擋了座高山，H只能陪著我尋找前路。我笑說有精靈鑽進我體內搗蛋。H苦笑，不知我們面對的是什麼？

往常歡喜席地而坐，如今蹲下為難，更別提盤腿或跪著。H搬走我平日工作的和式矮桌，買來組合書桌將木板一片片架高，層層抽屜往上疊，裡頭不知該裝些什麼！或許上天有意要我換個角度看世界。

坐上高椅兩腳懸空向外踢，盼將疼痛驅出體內。啊！身體已有毀傷，傾斜之樹必須矯正。天天期待去鬱解疼，強迫自己避免不良姿勢，而痛如潮浪一波波回返，只得不斷更新應對方式。電毯、熱敷袋加入，期待緩解僵硬，提高組織修復力。人說針灸、瑜珈及水療也有效果，一種又一種驅病儀式不斷更迭。

痛改前非，排除一切可能錯誤，筊杯一次次擲出，笑杯、陰杯反覆，卻得不著神靈正面回應！

韌帶磨損，膝內筋脈緊繃，樹瘤蜷曲歪長，樹木無從挺站。筋骨比髮色、眼角拉出更強烈的蒼老警報。直路終將彎轉，多少人於歲月衝擊中傾斜身姿，青春腳步已然錯亂變調，讓人不禁懷疑，此一身軀堪用多久？

放眼望去，眾多婦人正承受著疾病，勇健身影日漸扭曲，一張張開朗神情於階梯前皺起眉頭。人工關節手術頻傳，膝上一道疤痕換得幾分輕便，若怕開刀持續跛行，右腳重踩，左腳輕點，荒謬的顛簸腳步讓人疼惜不已！

失去健康後才知珍惜，帶著傷痛行走，每步皆含祝福……

翩飛蝴蝶斑

慢性病是你自我認同的一部分，或許所有疾病皆是人生必經過程，病是漫漫長路，藥劑鋪出前途。考驗人的意志和體能，看人如何重新定義、呼喚幸福！

——潔米．沃費爾特、艾倫．沃費爾特《慢性病心靈處方箋》

生命彎轉有時突然、有時則經長期演變、慢慢發生……

關節持續疼痛，骨科、復健皆無療效，只好轉換醫院做進一步檢驗。深夜的醫療大樓好是空曠，一管管血液自體內抽出驗血站隨即關閉，人潮已退，四圍沉寂，如末班車駛過的車站。抽完血忘了按壓，血自前臂滲流到手腕，趕忙找人協助，欲奔下樓卻遇著上樓的電扶梯，階梯如浪逆襲，讓人一時慌亂了腳步。

回家等候報告，心情繫於雲上，好不容易熬到回診那天。免疫風濕科前擠滿患者，文明越進展人體越脆弱，那樣多人自體防護機能亮出紅燈，各自承受莫名的苦難！候診螢幕跳動著桃紅色序號，憂懼於周遭隱隱現現！

權威醫師自電腦點出檢驗報告，研究一會兒說道：「妳可能患有紅斑性狼瘡！」紅斑性狼瘡？我皺起眉頭，不知此疾多嚴重！

醫師接著說：「沒關係，我們開始用藥！」

生命突然闖進怪客，卻不知為何方神聖！

回程趕忙點開手機打上關鍵字，一頁頁讓人驚心的敘述出現眼前：

「紅斑性狼瘡是種因免疫系統錯亂，誤判自體細胞為入侵物而進行攻擊，導致全身發炎的疾病……」

為何罹患這病？腦中一片空白，只見小舟受急流衝擊，卯足氣力拚命划動仍無法改變去向！身體隱然成為戰場，崩壞正在發生。回到家連忙躺下，讓腫脹的肢體乘坐舟上，夜氛流動，痛與傷，沮喪和迷惘浮在水面……，天邊無星，漆黑中似見霧氣自漣漪當中生出，飛螢銜露逆飛，記憶微光於眼前畫出明暗曲線——病原何時潛藏體內？曾以何種形式諭示它的存在？

疲憊的意識忍不住回想所有可能病灶——幾時開始對光過敏，生長南台灣，炎炎夏日哪天不吸飽陽光，黝黑肌膚不曾喊疼。之後陽光晒少，身體偶爾出現紅斑，時如點狀時如銅板或相連如鏈，引來陣陣搔癢與疑猜。蝦蟹鹹蛋芹菜和豆腐、床單枕頭甚至暫棲茶几上的塵埃皆被懷疑是禍源。猶記大二暑假返校帶營隊，活動未半，脖子至胸前整片紅疹猖獗浮出，原因不明，只見綠蔭當中垂掛著一條條毛毛蟲，當下認定是蝶的幼蟲讓我過敏，從此避行樹下，遠離蜂蝶及一切看似毛蟲的生物。

此疾年年復發，天候轉熱渾身便不對勁，清明至端午前後，驟雨陽光幾次交接，匿藏體內的精靈便自後背或臀部鑽出，於我身上灼出一道道傷疤。常於初夏一趟北行南返路上、或當饞食幾顆荔枝之後，靈異鐘聲便就敲響。蟬噪林間，隨著芒果熟成鳳凰花紅豔，暑氣總吹起我一個又一個搔癢的夏天！自知體內帶有癢的因子，於陽光下轉紅，月出時變暗，如曠野焚起一起起灰煙，諭示狼的出沒，亦像荊棘負載肩上，扛起卸下，刺入拔出都疼。

指尖持續滑動，與紅斑性狼瘡相關的資料一筆筆自手機屏幕跳出，疲累目光繼續往下讀：

「紅斑性狼瘡名稱源自英文 Systemic Lupus Erythematosus。Lupus 指狼，一八五一年因有醫師認為病人臉上的紅斑是被狼咬而命名。」

蝴蝶狀紅斑因狼之傳說更顯詭異，天熱時看似紅豔的雙頰，竟是異常體質發出的警訊！

狼瘡病症複雜多變如狡猾魔術師，戰神手指之處即刻淪為戰場。皮膚科醫師多以蕁麻疹視之，因其反覆發生如風，中醫稱為風疹，復因隱沒迅速也稱「癮疹」。清代《醫宗金鑑．外科心法》稱之為「鬼飯疙瘩」，認為病患是因汗出受風或露臥乘涼造成。啊，風霜雨露皆成肇因，呼吸躺臥都有發病可能。

腹前背後或雙腿內側，一團團堆累整片，沐浴時水柱沖下，奇癢便自紅腫處竄出。身體有恙，一切皆成禁忌。鴨鵝茄子筍和南瓜，花生咖啡巧克力……，與美味的關係須得重整。

＊

類固醇、奎寧、免疫抑制及消炎止痛劑按時服用，臉變渾圓腰身加粗，病情卻未明顯改善。紅斑性狼瘡與類風濕性關節炎初期症狀類似，兩惡結伴做亂栽贓對方，不知兇手是誰。醫師初判我可能同時患有這兩種疾病。兩種相似病症似兩張難解籤文，神靈不願明示，只能慢慢解讀確認。先是關節疼痛發炎，一場敵我不分的混戰，造成全身到處是傷。膝後緊繃，直彎明顯灼熱，手指每節皆痛，肌腱韌帶也都遭殃！

生命旅程突然移往特別車廂，不禁好奇同車者有誰、他們如何應對與感受？杏林子一生受類風濕性關節炎之苦，曾述自己天天面對各類疼痛、雷諾瓦羅病仍然繼續作畫，堅持「痛苦會過去，美會留下」信念。疼是警訊，引導人與身體進行對話。仙人掌因乾旱而堅忍，伸出利刺以禦外侵，最美的花總生於極端嚴酷處。每處疼痛皆藏密碼，提供契機助人堅強心志！

服用劑量被迫增加，日子於病痛與藥劑拉鋸中度過。夜裡睡與醒頻頻協商，求於側臥半躺間暫時棲身。好不容易熬至清晨，迎接我的仍然是痛。腿連膝至肋骨皆等我檢視最新狀況，腳能移動便試著彎曲膝蓋，暗自估量痠疼指數。牙刷你好嗎？雙手捧得起水否？蹲坐能否順利站起？階梯你好，腫脹的腳踝於其間慎重巡禮，越是痛苦為難，舉跨一步越具深重意義。踩一步停一會，之前匆忙而今緩慢，生活步調轉成慢動作，於是將細節看得更清楚。庭前的花兒早安，陽光濕度是否剛好？缸裡魚兒，你受傷的尾鰭可能順利擺動？日子說不上太壞！吃藥睡覺和走路，日子剩下這幾件要事！水腫、腸胃不適、耳鳴、視力異常……，病毒與解藥於體內激烈攻防。

入夜，高樓的窗每扇擁有幾顆星？一隻鳥兒匆匆飛過，於方格間留下飛行痕跡。之前以為雛菊不會怒放只會微張，卻於鄰居盆裡見著燦爛開放，於是將北向植栽拿到戶外，期盼它變強壯！秋天是怡人季節，我該好享受。魚兒排列缸前，以其身姿彩色宴饗我，鳥兒於不遠處鳴囀，何其欣悅自己還能聆賞這一切。不惑、知命、耳順……，年歲加予人的不只衰老病痛，還有聰慧與悟性。

肌肉鬆弛少些疼痛，便能將日常事務緊握些，經風雨試煉，對陰晴將有不同感受。太陽按例巡行，晾出的衣衫吸飽陽光，於架上婆娑起舞。時間如水珠生出旋即墜落，樹枝伸手似想要抓住什麼！

紅斑性狼瘡病症多變，每人情況輕重不一，從毛髮脫落、肌肉痠痛、心膜發炎至精神異常……，撲克裡暗藏著鬼牌，不知接下來將翻出哪張？前路潛藏更尖銳荊棘，閉眼見著魑魅張牙舞爪，兩眼張開又似平靜。小舟持續漂流，據說前方多激流與漩渦。

漫漫前路，風蝕岩壁，一起起沙丘對應新月，苦難讓人將命運聽看得更清楚！天天對著自己點名——眼耳口鼻心、肺、喉嚨膝蓋、還有全身大小關節……，你們都還好嗎？還好便於月曆上貼個笑臉，記錄天候般寫下身體狀況，時將寫滿病症與憂懼的紙張塞回抽屜，勿讓它露出。

類固醇加加減減，始終無法自藥單裡去除。一次次將那黃色藥丸置入切割器，中線對正含刀蓋子往下壓，手勁剛好切割越來越準確，心底竟有莫名成就感。吃藥成為生活重要儀式，頻和活躍抗體協商，求它理性平靜！

六月，鳳凰花又開滿樹，橘紅色蝴蝶斑棲停我臉龐兩側，一開一闔，款款舞動，沾點眼藥膏嫻熟地輕輕擦拭，明知無效還是行禮如儀！

藥物時加時減，這病可有盡頭？

目前還好，不是嗎？

抽血、就醫，醫學中心雙向手扶梯持續湧動，熟悉去來，日子如常前進……

親愛的，我不能呼吸了！

對於這正常且無可避免的悲傷唯有在接納它的過程中，我們才能學會與悲傷和解。

——《慢性病心靈處方箋》

晚餐後我靠著沙發休息，H照例洗碗，以大量水沖去鍋盆油汙，賣力刷去碗內殘黏的米粒。桌上芭樂一塊塊切好擺放碟子，想吃卻無胃口，猶豫該不該告訴H我今天又不舒服！上週才掛急診，心電圖、X光並抽驗了血，檢驗報告一切正常，照理不該有問題！

試著深呼吸起來到處走動，而再如何用力亦吸不足氧氣，似困處水箱的熱帶魚。心跳急遽，感覺空氣越來越稀薄，缸裡的魚不斷往水面浮升，我的胸越來越悶！

H洗完最後一只碗，順手將鐵鍋倒覆，積水順勢流出，隨即關上廚房的燈碰地於一旁沙發坐下來，一天工作與義務就此結束！眼看他拿起芭樂喀地咬了一口，我將欲說的話吞入，試將身體坐正屏除胸口壓力，而壓力仍在，明天，明天再看看吧！一旁缸裡的魚張大嘴，極力索求存活氣息——深呼吸，好希望自己能夠正常，再次呼吸仍覺不對勁。魚嘴越張越大，開闔頻繁，馬達快轉，我需要更多氧氣！

「你有查適合的心臟科醫師嗎？」終究我仍將話說出。

H將咬一半的芭樂放進冰箱快步上樓。我獨坐沙發不覺懊惱了起來，憂心又是心理作祟卻也擔心忽略致命危機！求救訊號已然發出，本可恬適的夜晚即刻變調。

「走吧，或許可趕上掛號截止時間！」

倉促上車四輪急轉，H緊握方向盤駛往醫院的路，這路近期不知走了幾回，施工鐵皮圍欄佔去一半路寬，繁忙公路顯得格外狹促，捷運天橋缺口已經接連，一條行於半空的路終將通車。無心去想未來景觀，雙線道逼近，感覺對向車輛就將衝撞過來！車燈刺眼，心跳不覺地急遽，深呼吸，感受身體機能的維繫與差異。H猛踩油門緊抓方向盤於車道縫隙間鑽探，我轉頭不敢向前看，見不著天上星，燈光迷離，閉上兩眼感覺疾風無聲喧嚷著……

飛車急如星火，一進市區卻堵在壅塞車陣中。

八點十五分，紅燈緩慢倒數，每過一秒便少一秒，我心跳猛烈然後無力。車總算移行，不出幾公尺又被另一道紅燈擋下——八點二十、二十一……，紅燈如柵欄接連擋去前路，前車心猿意馬似在尋找停車處，夜市人多車無法疾行，時間繼續耗損，此行又顯荒謬！

車內沉寂，時間流逝無聲，H牢抓方向盤拚命前衝，印象中他經常踐踩時間邊線——電影開映前匆忙進場、趕赴機場最後 check in 時間……，H習慣並樂於追尋刺激，我卻深覺無力！再次深呼吸，無從抱怨，H持刀劍般帶我殺出重圍，對面的車急駛過來，H猛轉方向盤用力搥擊下喇叭，斥退對方疾奔向前——我忍不住喊出「小心」，想叫H別太趕來不及就算了，終究未說出口！

街燈流轉，待會兒循著原路回去，我可否將難受與舒服感受得更清楚？熒亮車燈接起銀河，我瞇閉眼睛，感覺車身晃搖如將擱淺。睜眼看向車外——今夕何夕，我身在何處？H執意向前一如當年堅持留在我身邊，情緣倘若彎轉，是否如今就不必走這遭！旁車疾馳而過，窗裡隱約映出記憶微光，浪花逐岸隨即一分分退去，於沙灘拉出長條印記……，車燈如劃亮的火柴，年輕時的愛情與執迷緊連日後命運，啊，誰知亟欲緊抓的終須放手，一起浪來，沖去相連腳印，突然間替H難過了起來！

胸口又悶，越想正常呼吸感覺越不對勁，如沉溺水中兩腳踩不著地面，衣服、髮絲浮起……

H緊抓時間尾巴，左轉後馬路變寬車流漸少，「急重症中心大樓」大字於夜裡顯出威嚴，H重踩油門，似欲洩吐方才壓抑的愁悶！啊，車上時間顯示只剩三分鐘，地下停車場在前方，取票進入還有一段迂迴的路要走。H倉促按下停車場按鈕，柵欄舉起，車急駛入，下車後四腳便於穿廊間疾行。

穿廊牆色及布告欄感覺如此熟悉，前晚才剛來過，不是嗎？

＊

搶掛到最後一號，H臉上咧出笑容，我深呼一口氣，為這頻頻上演的險象感到啼笑皆非。搭乘電扶梯行往診區，明顯感覺心跳咚咚如戰鼓。候診的人仍多，H找位置讓我坐下來，自己如站哨般立於一旁。近期常看醫師，醫師姓名多記不清，卻記得那名叫黃春明的醫師，是的，一字不差，沉重的診病醫療過程就因這可愛巧合帶有幾分愉悅。今晚多掛一科，又將遇著什麼樣的白袍人？

紫紅診號叮咚一聲往下跳，診門開開闔闔，不經意自門縫瞧見醫師面容，直覺他長得像徐志摩，削瘦的長臉，細邊眼鏡……，所學與性情或有關連，醫心之人可也多愁善感？

習慣環顧周圍，尋思患者與病症間的關連，門內走出與將進入之人或有共通點，比起免疫風濕科，心臟科患者男多於女，瞧他們步履沉緩，想其胸腔裡懸掛著傷痛之心，猛烈狂亂或氣弱需要扶助。我深呼吸，感覺周圍環繞著混亂心音，突然為自己將要就診的心緊張起來——唉，是否我的心臟已出問題？心包膜或冠狀動脈，哪條管腺哪處心室窘迫發炎、日後如何守護？

耳畔傳來婦人與舊識巧遇的寒暄，多年未見，其間各自病發多次，她安支架他做了導管，上回危急幸虧救回，歲月艱難卻也過了好幾年。婦人已為祖母，男子兒女未婚，年歲繼續添加，不知天命將停於哪一年？互道珍重彼此提醒，人生無常心病患者感受最深刻！

診門打開，長者由家人攙扶出來，患者與家人面色同樣凝重！將我心比你心，如何謹慎才能防止一顆良善的心毀壞？

護理師呼叫我的名字，入診間醫師自電腦得知我初次掛心臟科，詢問我不舒服的感覺，茲事體大，我暫時將徐志摩的事擱在一旁——認真描述自己胸悶、呼吸困難的情況！

徐志摩調出我日前於急診室作的檢察報告，仔細聆聽我的心音，隨即詢問我的呼吸情形——

「爬樓梯會喘！最近有時走平路也會喘！」

「散步呢？」

「散步會覺得比較舒服！」

「最近壓力有比較大嗎？」

我搖頭復點頭。

徐志摩微笑，判定我是因壓力造成的過度換氣症候群，病症典型而輕微，開了劑量極低的抗焦慮藥供我服用。

隱隱感覺H嘴角含著笑意，我心底的沉重緩解，卻仍擔心重症被忽略。

「是否需照斷層掃瞄確定？」

徐志摩微笑說不需要，怕我感覺失落便溫和詢問需不需要為我安排作運動心電圖？

運動心電圖？做什麼用？證明我的喘息是正常的嗎？

我搖了搖頭，走出診間，感覺迎面來的每顆心皆撲通撲通嚷叫著，急喘、無力，激越、萎頓，各自擊節，交響出繁複的生之歌……

出了醫院，車流變緩，綠燈取代紅燈，H油門直加一路通暢，清月露出，星光與車燈隱隱閃爍。我試著放鬆心情，不敢太用力呼吸，心想自己如放羊孩子，下回再嚷不舒服，可能須看精神科。

自側邊看H，他仍抓著方向盤直往前路，車燈漸地遙遠，點點螢光上飛成滿天星！

牢籠

你不會因為憤怒而遭受懲罰，你的憤怒卻會懲罰你。

——佛陀

星期六早餐過後H繼續打他的電腦，我躺回床上，情緒不知怎地便有起伏，看H毫無反應我更愈激動，淚水失控流了滿臉。

H於是坐到床沿問我怎麼了，我頭轉一旁佯裝沒事，他越靠近我越縮藏，一直將他擋在圍欄外頭。

H忍不住嘆了口氣說：「或許妳真的病了，去看醫生吧！」

H早想帶我去看身心科但礙於我不肯，事到如今我越反對他越覺得非去不可，便強押著我上路。車左彎右繞，和平常一樣的路此時卻顯漫長，河邊楊柳錯雜亂長，你說它是荒蕪還是浪漫？塑膠櫻花虛假盛開，俗豔桃紅徒然壞了沿岸風光，這路從來未曾這樣醜過，我在心裡強烈抱怨卻不知要如何向H說！並非對身心科有成見，只覺不該病急亂求醫，將一切歸諸精神問題。突然間心底有把火熾烈燃燒起來，我身體不舒服是真的，為何沒人相信我！

H一路沉默，他始終覺得我的胸悶是因心理作用，源於精神的疾病，自當求助專業醫師。這回總算合了他的意，看得出來他內心愉悅，我不喜歡這種感覺！難受無法被理解，還被安上另一項病症，心裡有冤屈無從辯解，越掙扎陷落越深。

車執意前奔，喇叭聲相互叫囂，車近醫院，於嘈雜車流中漸地滑進停車場斜坡，H尋著停車位拉起手煞車，此行便成定局。

我在心底直嚷著：「根本不必走這一趟的啊！」

候診區已有多位患者，獨坐或由人陪，前方兩婦人聊說起睡眠狀況：

「換藥仔睏未去，一冥攏要起來幾落擺！」

「我嘛是，沒呷全然沒法度睏！」

婦人互吐苦水，臉上濃妝難掩惆悵，清亮光線自窗斜入，照出一室慘白。

我昨晚也不好眠，如廁後意識跟著清醒，思緒如花綻放，越急著再睡精神越好。

我已習慣如此漫漫長夜，躺在黑暗中任由思想反覆，如織布機胡亂編織令人厭惡的文彩，也似按錯指令無法暫停的印表機，一頁一行或整面漆黑——我慌張按壓停止鍵，猛力搥打，印壞紙張仍然不斷吐出，只得緊急將電源切斷。

夜色深淺交錯，疲憊靈魂被一層層禁錮。

失眠者的對話持續，我頭轉向另一邊，見一少婦精神似好，一旁陪著她的先生（或情人？）強忍厭煩耐著性子，刻意壓低聲音說：

「什麼事都沒有，妳為何老要胡思亂想？」

「我哪裡亂想？明明就有的事……」少婦聲音上揚，這時男人手機響起，他得救般至窗邊接聽，少婦才被激怒的情緒硬被中斷。

男人回來繼續剛才的話題，對話進入更多細節，我已無心往下聽，想到自己的處境，胸不覺又悶了起來。前方櫃台統管廊道三個門診，被唱名者各自進到診間。走廊狹長如小河，船帆陸續經過，直覺這流域並無適合我搭乘的船隻，心情不由地沮喪，想要回去卻不可能！H神情嚴肅，如押解犯人的警衛。早上患者不多，彼此間隔著空位，放眼盡是想像空間。

這些日子來看了多少醫生？心臟、腸胃、免疫風濕及婦科……，還有多次突發的急診，自此門入從那道出，也許剛巧碰對了、也可能誤入迷宮，離出口越來越遠。又將與新的醫生見面，卻不知如何敘述病情。

櫃台喊叫下一個患者，診門打開，醫師和她如故舊般親切寒暄：「睡得好嗎？」門掩上，對話自門縫滲出，嘰嘰咕咕嘰哩咕嚕……，驀地感覺眼前所有人嘴一張，便吐出一顆顆無形氣泡，啵啵啵啵啵……，氣泡或圓或扁，嘴越張越急，如在宣揚理念或發出求救信號，直覺那逐漸高漲的洪水不斷向我湧來，不覺心跳增快，胸又悶了起來！

過不久，我的名字被呼喊。

走進診間，女醫師長髮微捲，為一清瘦中年人，似記憶中留有印象或早已遺忘的師長、朋友或路人甲乙，她指示我坐，隨口問出：「怎麼啦？」

關於我的病情，我一開口，不知怎地眼淚便簌簌流下來——啊，我怎麼了，女醫師與H包含我自己都被嚇著。

女醫師連抽兩張衛生紙遞到我面前。H尷尬地代我敘述情況。

醫師一邊點頭表示理解，兜兜便將之敲進電腦作成記錄。

魚嘴一張，莫名被水給噎住，甭說辯解，連發語權也失去了。我著急並且不甘，而失常情緒說明一切，欲澄清卻無氣力！

女醫師的關心話語帶著專業威力，她強調溺水泥偶需要人幫忙引渡，情緒有困擾、精神生病了不必難為情！

啊，我明明很好的啊，我真的沒有心理疾病，我努力恢復情緒，急忙找回平順呼吸，而雙眼已然哭腫，鼻音濃重，似被水流打翻狼狽可笑的游魚！我真的還好啦，淚水快點止住！

女醫師又抽了兩張衛生紙給我，我不停擤鼻涕、清喉嚨，極力想要替自己辯駁幾句。而大勢已去，醫師判定我思維負面，脆弱情緒無法承受較大的人生變化，別人罹病、身體不適仍能過得好好的，我卻總悲觀負面，想到了陰暗與終點。今天不治療，日後容易變成憂鬱症！

啊，不要治療啦，我真的沒事，我心吶喊，卻無法說不！另種強效抗焦慮藥被開出。

「相信專業，要聽醫師的話！」回程H緊握著方向盤，神情篤定，看來抓著浮木的是他，不是我！

每回看完醫生，H便買一束花送我，我將它供養水瓶，只見那紅玫瑰無法展開，花蕊萎垂，百合一面盛放一面枯黃，浸水腐草氣息蓋過花香。

＊

抗焦慮藥加進藥袋，似衝浪板一次次助我度過潮水起漲。情緒來襲將被覆沒時趕忙將藥片吞入，便得於浪前站起，呼吸著較多空氣。抬頭見著藍天，似乎又回到從前，得再細數飛鳥，感受鳥振羽翅的力量與自由。潮浪一波波，陽光照在背後，偶爾細雨灑下，於水面泛起一圈圈波紋……，卸下沉重心防，重新感受喜樂並能微笑，只是冷不防地，浪太高踏板踩滑，縮藏胸內的汽球脹起，方才平穩清晰的畫面又再錯亂。

抗焦慮藥效越來越短，餐前服用一顆，餐後胸又悶了起來。方才的舒適是因食物還是藥物，讓人不甚清楚！家是港灣需要平靜，我著實不想無端興浪，成為麻煩製造者！

回診的日期又到，這回我平穩敘述自己的情況，盼可回返正常堤岸。

女醫師覺得症候初步獲得控制，若要治本還是得改善潛藏的陰鬱體質！陰霾可能鬱積，為防日後風暴興起，須趁早破除病因。女醫師另開一種臨床效果極好的用藥，聲稱只要能夠按時服用，忍過前期難受，便將海闊天空！

一條生路被指出，H的目光發亮，確定求助專業準沒錯。我雖質疑，也只能試試看！

提拿更沉重的藥袋回去，一次次將那祝福及詛咒混合一起的膠囊吞進肚子，儘量多喝水讓藥行走快些，感覺那神奇粉末於潺潺水流中散逸開來。亮白藥劑與暗黑病原相抵禦，你前我後，我追你趕，你敗露的空隙我趁機侵入，一道亮光化開陰暗，前路將一片明亮。相信醫師，信任專業，心中雜音不斷，也不斷對自己嚷喊——誠則靈驗，我要好好接受治療。

H下班回來按例詢問：「今天白天可好？」

我微笑點頭，試圖讓他放心——按時吃藥，不胡思亂想，給花澆水、餵魚飼料，行有餘力將屋內灰塵掃一掃。家需平靜，生活要有正常作息。即便身陷泥淖，仍要奮力挺站，迎出幾許光明。之前飛於天上，而今只能守著堤岸，偶爾上船極怕遇著風浪，兩手緊抓船舷，一點顛簸便有翻覆想像。不願當病妻，期盼自己健康正常。

H的關懷目光帶著試探，我的回應也有各種弦外之音，上層平順下層彎扭，刻意和緩的表面下卻有各種波動。他問我好盼我真的好，我的回答期望他安心，卻隱藏不希望他察覺的幽暗。兩人各據一頭，他緊拉時我鬆放，我嚴守時他退讓，力求平衡的兩邊隱約有著不明角力。

船隻準時出航回返，豈知灣邊常有雲霧遮擋。漫天霞彩下亙連著陰霾，H或許不曾察覺，一陣雨來，天暗下或清朗幾分。

「今天如何？胸還悶嗎？」

「還——好！」好字後頭拉著尾音，期盼他能察覺，順著我的心情階梯進到心房。

「到底好——還是不好？」跫音傳響，前、後兜兜繞轉，我心神豎起，愣愣等候著。啊，如何分辨好與壞，時時要定義心情如直瞪著一片空地，蒼涼與空虛相近，低落和平靜類似，越放大覺得越奇怪，硬要說出個所以然只讓人心煩。

封閉的心敞開一線，盼能吹吹風晒晒太陽，遇著H嚴肅的表情，便又迅地關闔起來。

我的心情並不挺糟，真的還要繼續吃藥嗎？

「按時吃藥了嗎？」H見面便問，我欲說的話又嚥回去！

女醫師認定我體內的憂鬱怪獸須儘早壓制，H說悲傷必須醫治，陰鬱體質若能改善，自然就會快樂了！

心底的傘對向日頭，悲傷、喜樂相對抗。H目光不停逡巡，試圖照覽我幽微的思緒。H的聲息自另一頭傳來，房內傾斜著一排陰影。夜氛流動，我安分爬行，強令自己放開心情，催眠般一再提醒自己保守這片寧靜。只要乖乖服藥便可讓H放心。

我暗自禱念，希望能儘快好起來，而那劑憂藥劑入我體內卻堆起層層障礙。密林接連陰暗無邊，陰鬱蔚成的岩層重壓著，忍耐、撐住難關，一片劑量藥效幾小時，勉強前登，再用力些，攀過此岩便可通往情緒出口——醫師是教練也是救生員——再撐一下，H盼我康復，我一定要努力，而精神越想放鬆越緊繃，好不容易翻越此嶺隨即遇著下一座高山，直覺空氣稀薄，呼吸沉重，較之前的胸悶情形更難過！何須費勁攀爬虛擬山岩？為何要為不明症候承受這樣的負荷？一天、二天、三天，一個兩個星期，天天辛苦，欲想回頭卻不敢說，也想不出受此苦難的理由！

已走這樣遠豈可半途而廢？H囑咐我耐心點，見我面有難色便蹙起眉頭，心底的幽暗比我還要深，表面看不出起伏，一踩進便不知墜落哪裡，我欲掙脫又怕被吞噬。藥是浮板，必須緊緊地抓住。不斷安慰自己面對操練，將疲弱的心練出韌性，強令顫抖無力的兩腳挺站起來，前行，走過最深層的陰暗就不怕了……

「吃藥了嗎？」房內僅存的話語持續迴盪……，樹影自落地窗篩進房內，於床上交錯出圍欄，將我與H分隔兩頭。黑暗持續堆高，我爬不出，H無法靠近，鬱鬱神色漸地深濃。

星期六早上H繼續打他的電腦，我躺回床上自側面看他，感覺他的背脊僵硬，神情緊繃，我試著深呼吸，盼H鬆開緊蹙的眉頭，而他心底的幽暗我如何也無法進入！鳥兒觸撞桅杆，翅膀淌出血來，欲飛的身影一逕沉落……，一波浪來、高起，我抓著浮板，眼看H就要被淹沒，我忍不住想要大聲嚷喊——

或許H也該吃藥，只是，要怎麼勸他去看身心科醫師呢？

窺探腸道祕境

世界就是這樣，美麗與恐怖的事都會發生，別害怕。

——傅瑞德・畢克納

免疫系統病變後我成為藥罐子。天天吞服各種藥片與膠囊，樂爾爽錠（類固醇）六顆一把抓入嘴內，感覺它自食道、腸胃一路衝撞燒灼組織，希樂葆、必賴克廔膜衣錠（即奎寧）和水吞服，殺敵同時也殘害一些賢良，水腫、皮疹、腸胃不適、耳鳴、視力異常……，藥單上列出的副作用多達一長串，身體淪為戰場，病毒與解藥激烈攻防！

久病成良醫，困擾的是不知禍源在哪裡！

心臟？還是胃？H耐心詢問，我如幼兒般無法確切說出自己哪裡不舒服。不想當病妻不願多事，而胸還是悶，我瞪著H欲言又止，H見我難受便又在網路搜尋起來——胸悶、呼吸不順……，關鍵字頻被敲出，螢幕秀出各種症狀，H於各條敘述中尋探，如行迷宮彎轉、碰壁，折回重走。我於鍵盤敲擊聲中漸地昏睡，胸裡脹滿的汽球不知何時消失……，我在夢裡正常呼吸、躺臥沙灘晒著太陽。

天明，全身各器官、細胞陸續醒來。H熟睡，縮躺床沿的身軀顯得更單薄。啊！他昨晚資料查到幾點？電腦已然歇息，迷宮藏匿。突然覺得對他有些愧疚，寧願未向他提及胸悶的事。

天候轉涼，陽台藤蔓放緩伸展腳步，一隻迷路蜻蜓亂撞窗玻璃，另隻棲息盆邊，安適吸吐霧露，感受陽光的居留和移動……，如果整天呼吸都能這麼平順，沒有病痛負擔，那該有多好！潺潺水聲自客廳魚缸傳出，庭外麻雀依然喧鬧，斑鳩拉長咕咕尾音。陽光予人復原力量，地球依然運轉，日子應可如常往下過。

H醒來連忙告訴我他找著另種可能造成胸悶的理由——腸胃不適。

我睜大眼自左胸往下摸——心跟胃距離雖然不遠，它們會有關連嗎？突然間所有臆想全都轉向，胃食道逆流名為 Heartburn 是有理由的，H又見曙光般地興奮。

一條線索衍生許多猜測，忍不住又和器官對話——心太重要讓人緊張，若只是消化系統不順，那倒也輕鬆，頓時感覺胃囊於腹內盪起鞦韆！

＊

傍晚，車流紛紛散往回家的路，H又一次載我開往醫院方向。一星期入院好幾回，簡直將醫院當作自家庭院，7-11、理髮院與鞋店……，市井流動，人潮起落，傍晚患者多半還在路上，候診室的人不多。頻頻換診，根本記不住醫師名字！

叮咚，小紅人躡手躡腳瞬間跳至我的診號，啊，還沒想好要怎麼敘述病情已入診間。

醫師看似年輕，髮量卻稀，醫病果然勞心。

「怎麼了？」

「胸悶！」話一出口便覺心虛，連忙改說：「胃不舒服！」

「飯前還是飯後？」

「都——都有吧！」我未說謊卻覺得要穿幫，對話難以持續，一緊張胸又悶了起來。

「先去照X光！」幸虧醫師總有他的演出腳本。

挺胸、貼壁，光影倏地掠過。再回診間，比裸身更徹底的影像已秀於燈前！啊，那是我的體內器官？胃鬆垮，腸道曲繞，深淺色澤集聚，如畫壞或不易解讀的水墨，讓人有些難為情。

醫師指著曲繞的腸道解說，罪證確鑿讓人無法辯解，只是這跟胸悶何干？

整腸治胃總沒錯。舊車頻出狀況，遍尋不著拋錨主因，做些相關保養或有助益！

醫院大廳熙來攘往，擺渡與過河之人相會。醫病關係不一，有時白忙一場，有時結下不解之緣。

＊

捧著藥包回去按時服用。清晨醒來先將那錠胃藥吞入，感覺它溶散出的清涼與胃裡冒出的酸熱交鋒，意識貫注喉間，水藍滲透淹過紅紫色……，靜心、冥想，胸脹之氣似乎消散了。

「怎麼樣？」H醒來便問！

我不確定卻也不想讓他失望，便說：「有吧，應該有比較舒服！」

船繼續航行，搖搖晃晃水流不停沖擊……

咽喉泛起一道道酸汁，消化系統確實有毛病，找著病因，醫療獲得使力點，此路或可通往出口。

腸胃暢通，呼吸便能順暢，而胸悶、脹氣仍然，回診時便被安排照大腸鏡。前晚喝一大罐保可淨散劑稀釋水，好讓內視鏡深入九彎十八拐的腸道。一張張光亮圖象顯現電腦螢幕，似幽深曲折的岩洞，壁上凹陷、凸出，或如潮濕欲滴的鐘乳石穴。最原始的景觀看起來最先進，醫師動了動手上滑鼠，便將那祕境遊走一遍。

「妳的腸道太漂亮了，連一點息肉也沒有！」

大費周章仍無結果！讓人再次慶幸又失落。

走出醫院，H顯得一派輕鬆，似笑神情彷彿在說：「我就說吧！妳就別再胡思亂想了！」

我抿住嘴，不知也不想說些什麼！抬頭看天，月中仍有陰影……

秋涼，楓香黃葉一片片跌落，大雨後蝸牛一隻隻爬出，為紅磚路增添生動。

胸還是悶？我反覆自問，不確定哪種感覺才對。

甩一甩頭，想將所有疑慮拋諸腦後，潛藏體內的不安時而浮出……，忍著不要說出，怕一說出，H又將啟動他的電腦搜尋引擎……

二十四小時心電圖及藥物負荷超音波

真正勇敢的人，是那個最了解人生的幸福和災患，然後仍然勇往直前，擔當起將來會發生事故的人。

——伯利克里

胸悶持續，成為與H間禁忌卻不得不面對的問題。

多麼希望能如往昔正常的呼吸與作息——輕鬆散步，安然入睡，一覺醒來所有痛苦全不翼而飛。而胸內似藏有顆不時脹起的頑劣汽球，讓我感到不舒服！H面對電腦，回到他例行的生活空間，我靜躺床上，左躺或向右側，身體如舟，期望尋得最好的棲停角度，風起、浪暈，忍著吧，就當沒事，不要再驚擾這片寧靜海！。

汽球又脹起來，它確實存在，讓人不得不憂心，就怕稍一不慎，船將覆沒。

終究我還是說出。H十指於是又上鍵盤，於醫療系統上不斷搜尋，或許再換個心臟科醫師！

往醫院的路上H一直沉默，我也不知該說什麼！疑似的病情反覆，H直覺我是心理作用又怕延誤就診，話語輕重難以拿捏，乾脆閉口不言。車內流轉著電台音樂。盼此行不要白跑，又怕結果太沉重，心緒煞是紛亂，胸不覺又悶了起來——

H終於開口，說這女醫師在網路上的風評極好，能體貼病人心情，即便是心理作用她也能夠諒解。

啊！心理作用？就知道H認定我是心理作用！我難道願意如此？突然間眼眶有些燙熱，情緒欲要起湧又強忍住，而這些日子來H已夠耐性，我不該有任何埋怨。車持續向前，總要繞行大半個都會才能到醫院。

我真的胸悶，女醫師比想像中要年輕瘦小，穿著迷你白袍，後綰的髮束微翹起來，似卡通《摩登原始人》裡的佩絲。她依例詢問病症，說著便拿了張資料給我，建議我斷食麵粉（麥麩），許多病症便將消失。

啊，是這樣嗎？若真如此倒也乾脆，來日方長，但願還能作各種嘗試和努力！而我目前的「心疾」該如何？

女醫師閃動布滿血絲的雙眼，啊，她怎麼了？昨晚沒睡好嗎？還是誰傷了她的心？她緊接著鄭重說道：我安排妳作二十四小時心電圖及藥物負荷超音波，再看結果！前方驀地出現兩道鐵門，通過這兩關，或許便將見著真相！

藥物負荷超音波

約好時間如期往赴，心情從原本的緊張轉成興奮，好奇心率將如何被監控與解讀！一到候診室，心跳又逕自加快！

兩手輪流抽血，右邊瘀青未褪，換將左手伸出，護理師於我手臂上這裡拍那裡按，過細的血管稍微浮出便又隱藏，讓新手不知如何插針！我面露微笑耐著性子，塑膠綁繩如泥鰍般滑溜，才剛綁好便又鬆脫。護理師一次次自地上將之抓回再綁它又逃走，如場荒謬可笑的遊戲。好不容易將軟針搞定進到超音波室，我依囑側躺，脈壓帶束縛臂上，接上心電圖，一旁螢幕便熱鬧起來。啊，螢幕中脹縮如變形蟲的黑影竟是我心，逼逼啵啵，較水泡冒出的聲響尖細，比山之音沉重。

側躺，背靠床沿，右手順著身體鬆放，心跳急速，不知那藥劑將造成如何影響？

直覺心臟漸地狂跳，如快馬飛奔，馬蹄橫衝直撞踐踩心房，似要衝入又將飛出，情況比預期還要猛烈。檢測到了哪一階段？我未脫眼鏡，張眼卻看不清體內顯出影像。

「要注入藥劑了喔！」護理師於一旁提醒。

啊，不是已經注射了嗎？以為跑了好一段路，原來還在原點！

電源打開，旋轉木馬急速轉繞起來，啵啵啵啵，馬蹄重踩凌亂，眼前浮出一座高山，雙足拚命上登，再往上，心跳更愈快速，峰頂還有多遠？

「劑量再加，妳心跳會再快些！」護理師於我耳邊提醒。雲又靠近，空氣更加稀薄，心跳更愈沉重甚至帶著拉扯力道，啊，還能再快嗎？峰頂在哪？心強勁猛跳，一旁螢幕跟著哮喘，兩腳勉強再向上攀，最高峰接上最長距離的操場，一圈兩圈……，心跳猛烈，直覺暈眩想吐，似奮力前衝了一千六百公尺將要虛脫。

「劑量再加！」

啊，不行再加了啦！——真的不行了——疲憊之馬將要躺下，啵啵啵啵啵，人體實驗繼續進行，迴圈於眼前轉出……，欲想求饒卻開不了口，精神體力全癱軟著。

不行了，我真的不行了，感覺置身受刑台，血肉模糊成一灘爛泥，啊，虛擬的運動卻引發我強烈驚懼！

醫護人員隨侍一旁，不知是我的哀求眼神，還是將死狀況讓實驗中止。

「好了，實驗結束了！」

醫師告訴我一切看來似乎沒有問題！

沒問題，這表示什麼？我還可以再跑八百公尺嗎？

走下診檯，未留一滴汗，心臟卻經歷了一場魔鬼操練。

二十四小時心電圖

通過一關便失去一條線索，只得振作起來，另外接受二十四小時心電圖檢測。貼片黏附身上，六條電線自胸前拉至腹側集中接連的小盒。解說婦人臉孔年輕，卻有雙蒼老的手，公主與巫婆的身軀錯置，這中間到底發生了什麼事？婦人似乎感受著我的詫異眼神，手腕欲往袖裡縮藏而不能，繼續慎重解說著——磁片不要碰水，線纜避免糾纏……，禁止入浴、睡眠也不可中斷。

啊，心中所有跳動起伏皆將寫入？心底藏匿的悲喜、緊張與氣餒將一一被解讀？我故意深呼吸隨後恢復平靜，小盒真能記錄這一切？

身纏電線似軟弱的機器人，行於人群中有著異樣感覺。舉手投足皆受牽連，今夕何夕我是何人？

夜半醒來，見綠光仍然亮著便安心繼續睡，夢裡將登高山抑或潛入水底？側身導線纏繞一起，身軀連著夢境全被綑綁住！清晨睜眼，小盒仍亮綠燈，它果然監視我一整晚。起身梳洗，穿著寬鬆衣裙將那機密小盒遮掩住便就出門。室外陽光依然，無人發現我的異狀。中學校園青春洋溢，走廊、樓梯間隨處笑語，風發意氣，跌倒爬起復向前衝。

上課鐘響，如常踏上講台，手持麥克風將教科書裡的不朽情志再說一遍——長干女紅顏因愁蒼老、諸葛亮老淚縱橫……，讀〈出師表〉不哭，其人必不忠……，誰會哭啊！學生笑得詭異，啊，人同此心，心同此理，古人心的構造與今人應無不同！我沙啞的嗓音經擴音器於教室中迴盪，背對台下寫黑板，如皮影木偶舉手，麥克風線與身上垂掛的電線隔衣相碰，隱約發出窸窣聲響……，當年我坐台下，是否曾被古人感動？五十分鐘穿越千年時空，正想查看小盒綠燈可仍亮著——突然，背後掀起細碎騷動，回頭但聞碰一聲，一學生自講桌底下跳出，揚聲大喊：「祝老師——教師節快樂！」

台下一陣熱烈掌聲，我真的被嚇著了！故作鎮定同時偷將這時間點記了下來，這一刻，心電圖總該有明顯起伏！

身負枷鎖，一日長過一週。一旦解除又恢復了自由，小盒是否記下所有？一切仍待解讀。

再次行往醫院的路，白袍、紅男綠女各有角色。候診、等待結果。纖細女醫師迅速於電腦上查看數據。簡單說道：「除有些微心律不整，看不出有什麼問題！」

「所以——」

「不必治療！」

啊！就這樣？

對話無法繼續，叮咚，診號下跳，下個患者進來。

走出診間，心情略感失落，H的嘴角含著笑意。

我的胸悶仍然無解！

戴

第二章

與狼共舞——千奇百怪的病況

紅斑性狼瘡的肇因複雜，病情千變萬化，
確診後從此與醫院結下不解之緣且成為藥罐子，
類固醇、奎寧、
免疫抑制及消炎止痛劑大量吞進肚子，
並須面對各種副作用以及心理上的調適，
身心遭遇諸多挑戰。

類固醇串連起來的日子

只要你堅持的時間足夠長，在恐懼之中的某一時刻來到之後，恐懼就根本不再是極端的痛苦，而不過是一種十分討厭、令人惱火的刺激。

——福克納

類固醇又稱美國仙丹，於一九三〇年代被發現，二十年後使用於治療，對風濕病有顯著療效，但卻引發許多免疫及代謝上的副作用，致使許多人聞之色變，將此治病神藥視為比疾病本身更大的魔王！滿月臉、水牛肩、容易感染、白內障、骨質疏鬆……

類固醇如救火隊，於急重病治療中加速病情控制，而藥毒合一，雙面刃揮出，剜割潰爛也傷及正常組織。潮浪推進船隻亦可能造成損毀與翻覆，理想與現實存在距離，醫療與心理期待經常衝突。

鏡面如湖映照眼前風光，一次又一次我從中見著自己那時而圓腫時而縮小的臉龐！

手指、關節輪流腫脹，彷在顯示自體免疫系統的攻擊行跡，左腳大拇趾側骨頭向外凸出，皮層感受一股被撐開力量。醫師將5mg的類固醇增加為五顆，萬鈞鉅力如雷打下，試圖抑制勃發病情。劑量隨發炎指數增減，敵我屢次交手，這些年來便於此般反覆情節中存活。兩顆、兩顆半或三顆不見效，手臂膝蓋至腳底全遭綑綁，枷鎖上身，動則疼痛，肢體無端被制約。

五顆藥劑吞進喉嚨，想像那小黃藥丸隨血液循環到處滅火，緩解肌肉關節腫脹。身體淪為戰場，已然增兵卻無法退敵，讓人更愈憂心。等等再等等，拿出一些耐性，手指手腕至前臂，自膝蓋至腳底……，渾身細胞皆安計時器。躺臥站起，既想了解真相又不斷自我安慰——會好的。

第一天、第二天、第三天……，數著日子，想像那神奇藥丸於體內發出功效，如裁判或冷靜觀眾，感受雙方陣營實力消長，第五天後腫痛受到抑制，喊疼組織被摀住了口，如上麻醉劑般失去知覺。

病原與藥劑分處蹺蹺板兩端，一方低下另方升高，醫師謹慎拿捏處方，於破壞、保全中謀取平衡。市售藥劑多標榜不含類固醇，人人談類固醇色變，醫師開處方不忘提醒節制飲食，而救命解疼為先別無選擇，我要對抗的除了病魔，還有莫名增強的口腹慾望。

此般副作用讓人莫可奈何，若與疼痛及器官損壞相比，節食算什麼？一天量秤多次體重，隨時了解身體變化，兩根敏銳觸角一根主病痛另根管胃口，鏡裡的自己時而膨大時而縮小，正面側邊，光源前後，有時身形縮小，緊繃的手指鬆開些，凝重想法便就消退。

火仍燒著，防火布遮擋，暫時控制火勢。蹣跚步履加快，心理陰霾瞬間被解除，風雨陽光於心理演變，又見陽光，健康的感覺重現，少些病痛便是快樂。之前的氣力如今只能使出五六分，痛稍緩解便就增加。

與惡魔交易需付代價，藥劑解救病痛卻伴隨著副作用，利弊得失考驗智慧。類固醇劑量成為病況指標，亦成我與醫師的對話重點。五顆 5mg 表示事態嚴重，如火熊熊燃燒，必須趕緊下猛藥撲滅，火勢稍減藥劑便可減少，日子長期於發炎指數起落中度過。

紅燈亮起，飲食及生活作息須更謹慎，心底有強烈的聲音呼喊——我一定要守住這一局！類固醇促使食慾變佳，我只要能夠忍住嘴饞，便得維持讓體態不至於太離譜，想到這裡便又寬心。浮腫、血壓上升、體液滯留……，藥袋上的副作用欄清楚寫著，多年經驗我已能體會實際狀況——心跳加快，早上尿不出午後頻尿。疼痛緊綳的關節十點過後逐漸緩解，稍動即疼的步履能夠邁開，一腳踩上一個台階，啊！雨過天晴，陰霾化解，身體一輕鬆心情便跟著開朗，於是又想快走、跑步甚至起飛……，樂觀維持至午後，黃色小藥丸藥效退去，膝關節及腳踝又再綳緊，輕揚思緒便又落地。手銬腳鐐再次上身，夜幕低垂踩著闌珊步履走完這一天。夜晚將笨重身軀移置床上，等候天明，迎接特效藥的救贖，日子如此一天過一天……

對類固醇既愛又恨，感謝有它，卻希望早日擺脫它的糾纏。

藥減量，發炎指數便又上升，這些日子來與病症的對抗又回到原點。

主治醫師覺得我不能過度依賴類固醇，於是另開了治善錠與葉酸膜衣錠，每週三晚間八點將之一同服下，為治療過程中的重要儀式。如服毒，也像文明的巫術，口服化療藥去除病菌亦將其它細胞一併殺害，身體淪為戰場，無從知道死傷如何！

吞下四顆化療口服藥，期待它如救兵趨前殺敵，一圈圈竹筒環湖排列，點火引爆照亮夜空，璀璨伴以煙硝，而後沉寂。

任何疼痛都會過去，我不斷告訴自己！

治善錠停藥後改服睦體康腸衣錠，以防狼瘡腎炎。長期服用類固醇，醫師加開了普羅鈣錠，幾種藥劑增增減減，不善記憶的我亦可叫出藥名。希樂葆膠囊彷似我珍愛的糖果，如維他命般服用確保健康、必賴克廔膜衣錠不曾停過。

身體受困，藥是通關密碼。期待減藥又怕受傷，謹慎掌控火侯，過強太弱皆不妥，與藥劑結下不解之緣，是我始料未及的生命情節！

好不容易減了類固醇劑量，三五天甚至一兩星期病況又再嚴重，伸手舉足漸地為難，以為趨緩平靜的潮浪又再升高。敵我持續較勁，以為可以忍過這波浪，能源耗盡，船隻擱淺，手銬腳鐐加重，上下樓好生為難，爬上床，任心神意識陷落黑暗，期待天明後一切能夠恢復。

療病過程一味忍耐，平白毀壞生活品質，不見得是美德。狼瘡患者體內藏有惡魔，主治醫師扮演馴魔師，醫師依照檢驗數據及病人感受下藥，藥劑、病痛天平不停傾斜搖擺，這場嚴肅鬧劇不知將持續到幾時？

氣候變遷與風濕關節疼痛

人有自我療癒，自我復原的能力，亦即再一次證明了自我的完整存在。

——曾昭旭《把丟掉的心找回來》

船隻進港，將錨拋入水中使免漂流，人生亦需要穩定與專注，罹病後，心思被迫聚焦於病痛，與病魔對抗即便疲憊，生活反而有重心。

入夜平後躺，感覺強烈心跳引發全身顫慄，頭也跟著暈眩起來。耳畔彷聞牆上掛鐘及窗外雨聲頻頻交響，聲波錯亂起伏……，好個多雨潮濕的春天！

側轉身，將注意力自音頻浪尖移開，不理會撲撲跳動的脈搏。關節炎造成的肢體及行動退化讓人看起來老化快速，尤其是運氣不好或抗病意志不夠堅強時。夜裡常與自己對話，提醒勿將所有痛苦背負身上，逃避現實幾分鐘未嘗不可。病毒找尋宿主，憂鬱也是，依照科學說法，經驗總會抓到神經元分枝，經強化後形成連結，於是有了特定印象及思想模式，樂觀與悲觀的差別於是形成。人不論身陷如何困境，應嘗試於顛簸中理出平衡，尋獲短暫的喘息空間。

唐吉軻德一次又一次與無常巨獸奮戰，於不得不的勉強中爭取機會。命運彎轉迫使人改變，從原本的天真浪漫進入不情願旅程，於是有了成長。

不知不覺中，體內不知哪個關節哪片組織便疼了起來，疼痛不預期發生，糾纏幾天後和緩，如去來隨意的不速之客。一波波疼痛接連襲來，帶來暈眩甚至讓人有覆沒之虞，於是在手機上記下起落規律，期望理解病症，於兩起浪間尋求休憩空間！

《我在雨中等你》中的賽車手經驗談：「你的眼睛往哪看，車子就往哪裡去！」與其抱怨不如感恩，從氣惱難過到被迫接受與之和平共處，一路走來便可見著進步軌跡。

病中筆記包括氣象紀錄——氣溫高低，陽光笑臉、陰鬱愁雲或傾斜的傘和雨滴……，寒暖變遷天轉濕涼是為警訊，膝蓋內裡首先發難，腳踝、趾骨亦跟著響應，往昔的身體氣象台說法如今應驗。

天天對抗疼痛，有人說長年服用止痛藥將模糊疼痛，致使人忽略重大傷痛。不論如何，人應活在當下，減輕痛苦，讓日子得以順利向前。《慢性病心靈處方箋》：「我們一心一意地與悲傷為友，也同時積極尋求幸福和意義。」

＊

免疫風濕科有間專屬超音波室，專替患者做關節檢查。我好幾次進到裡面，坐著或平躺下來，等讓高含水量的冰涼凝膠覆膚，超音波接合震動器於醫師指定部位遊行，一旁螢幕即刻穿透肌膚、指掌關節或膝蓋，窺見軟組織有無發炎、積水、滑液膜是否增生，肌腱、軟骨、韌帶有否損傷……

如密集複雜的氣象圖亦像叢山峻嶺空照圖，指骨邊緣肌理周圍處處紅光，發炎狀況如火燎原，無怪乎我的手指腫脹、屈伸困難。振動器於我關節間緩慢前進、轉繞，一筆筆紀錄被儲存下來。

膝蓋明顯積水，醫師以針刺入，一管黃色液體如從地裡被汲出，送往實驗室等候解讀。

身體異常如失調氣候造成乾旱與水澇，陰陽燥熱或虛寒，玄祕道理難以理解，只能從病變損傷猜測肇因。骨科醫師說；紅斑性狼瘡會造關節失衡，手指變形，兩腳拇趾外翻。不樂見的病變陸續發生，腳掌如入土鬚根不斷橫生，之前尖頭細跟的高跟鞋或優雅合腳的長短筒靴子皆穿不進去，只能與砸重金買下的各式鞋子一一告別。

病不是祕密卻也不想向人述說。將痛踩在腳下，得失寸心知，或許如侯文詠《我的天才夢》中所言：「走一段路，回頭看，才知道我只是離開了那些不屬於我的一切，我從來沒有真正放棄或者失去過什麼。」

作亂魔術師匿藏體內，不知他又將有啥新點子，時而殘酷時友善，持拿銼刀不斷重雕我的人生。

天氣持續變化，寒暖乾旱或潮濕，與我時好時壞的關節疼痛似乎有關連，兩條彎扭曲線偶有交集，真相尚待釐清！

當不速之客來敲門

我們每個人只有一具身體，此刻我存在的地方就是我的身體。

——瑪莎・貝克〈待做清單，或絕對不做的清單〉

眼睛周圍出現紅斑，眼瞼、周旁，法令紋淺溝，甚至上下眼皮也罹難。紅斑性狼瘡病情千變萬化，豈可老是隨之起舞，一如牙疼、頭痛及手腳腫脹，潮浪一波波總會過去，身處暴風圈哪能在乎所有小氣旋？而那小顆粒不斷生出，本想靜觀其變的心情於是不安。

無法了解紅疹確實成因，心底不斷猜測——是紅斑性狼瘡主導、免疫抑制劑造成、還是正服用的生物製劑惹禍？啊！與陸續冒出的疹子不斷對話，而它不聽我勸，殷切的禱告上天似乎沒聽見，只好向主治醫師稟報。醫師開了驅異樂，囑咐我一天一顆必要時得增加為兩顆。我審慎服用，不敢稍有怠慢，情況仍未改善。年歲與病痛早讓我降低對容貌的要求，而那搔癢持續挑釁，隱隱宣告它不善罷甘休的態勢。

不想節外生枝，意外卻纏根錯節，於是至藥局聽取藥劑師意見。乾燥或濕疹？藥師憑藉經驗給予意見，最終還是建議我去看醫生。我正參加醫療實驗不得任意服藥，進退維谷好生為難，較安全的作法是採取藥師建議，買蘆薈回去滋潤肌膚。清涼的凝膠敷在臉上感覺舒適，眼皮上倨傲的疹子仍不退讓，心底又咦唔拉起高低音。去或不去，考量孰重孰輕？好不容易才加入的醫療實驗萬一無法繼續，一根羽毛憑空生出整隻鵝，無法遏止各種災難想像，便去掛了皮膚科。

*

皮膚科診所空間不大，九點鐘開門，牆上音樂鐘裡的花仙同時蹦出，隨著蜂蝶與小喇叭音符起舞。陽光引入，讓人精神不覺飛揚起來，數十秒後，藍天與蜂蝶告退，花仙一個個轉入鐘裡，1到12數字依續翻出環繞鐘面，此時，一宏亮爽朗聲音自後方傳來：「大家早安」，所有工作人員齊聲回復：「醫師早安」。

醫師親自呼喊病患，只喚名字、暱稱或小名，入診間前已和病人親切互動。診間裡頭有架電子琴，據說看病空檔醫師會隨興彈個幾曲。醫師親切詢問病況，仔細了解後開出藥方，過程溫馨順暢。他極懂病人心理，知道老人家經常藥抹太厚擔心藥膏不夠、有些患者疑慮所服劑量太重或含類固醇，皆能適切解釋與安撫。嫻熟的醫術讓人想起〈庖丁解牛〉裡熟諳牛體肌理的廚師，掌握自然法則便可游刃有餘，不傷元氣與刀刃。

醫師判定我臉上的紅斑是蕁麻疹，推斷因免疫抑制劑降低免疫力，天氣變換皮膚易起反應。審慎開藥並解除我對藥的疑慮，歡樂鐘裡的分針移動未超過兩個數字！

＊

疹子是經常造訪的不速之客，夜半紫紅色風暴來襲，與手指腫脹及暈眩同時或間隔發生，如龍捲風般席捲，每次總會帶來一些破壞。左胸前突然出現銅板大的紅斑，似惡魔爪印也似圖騰，不知有何諭示，敷以各種藥膏均無效果！

紅斑啊紅斑，你因何生出？如何才會消失？

擔心藥物重疊，不想節外生枝，穿戴無形鐵鍊的手腳經常施展不開，好不容易才向前一步，又因莫名理由後退或繞路。游擊戰持續，前兩週牙疼減緩，新的戰局在腳底或胳肢窩，隨時必須應戰，勿讓星火燎原。夜半、清晨起來見那紅斑，自其顏色型態理解攻防力道，抗體於組織當中揮拳，傷痛浮現出來，更多的戰力、輸贏及潰敗將會呈現。

枷鎖一道道上加，大醫院外加小診所，看病成為生活主要情節。

神出鬼沒的紅斑

我們能做的，就是等，直到預期可能會發生的另一個狀況真的到來，然後再盡我們所能地進行治療。

——《自體免疫戰爭》

週末應在家休息，H卻天未亮便趕至醫院搶掛號，因我的皮癢似未緩解。之前胸悶遍尋不著真正原因，此回我想息事寧人，靜觀其變。初以為季候轉換，擦抹乳液、止癢藥即可。而紅疹入夜冒出，自腹部、肩膀，臀下上臂內側，一顆引爆渾身搔癢，眼看星火就將燎原，讓人不禁焦慮起來！踢開被褥，強自壓抑的手指終究忍不住搔過患部，爽快一下隨即升起罪惡感！啊，務必要忍住，睡眠是港灣，祈求平安度過這一晚！癢的種子如煙火於夜空炸開，一道閃光一條燒痕，夜於是繽紛凌亂。

夜半燒起的火勢天亮後便又復原，張牙舞爪的火舌縮成馴良紅點。

夜晚劇場時而平靜時而激烈，天一暗心情便就忐忑。季風還是驟雨？藥物引發、還是哪起灰塵哪隻蟲子作祟？掙扎了幾夜只能再到醫院！H駕駛專屬我的救護車，再次往赴離家遙遠的醫學中心。人潮依舊，這樣多人於假日奔往醫院。

H是識途老馬，我習慣讓他帶著走。立冬仍暖，異常天候讓人多病？候診間裡冷氣強勁，護理師戴著口罩，哽哽鼻音明顯感冒了。兩百多號病患，漫漫長日如行小溪，紫紅色診號依序向前跳躍，時而變異為過號的紫色數字。

初診如應徵新職，需想好如何向未謀面醫師介紹病情。

叮咚——，迴音效果擴大聲響，搶眼數字引我進入診間，只見兩白袍醫師對坐，一位歲數資深一位青澀，年長醫師問我怎麼了？我將預想好的敘述迅速說出——卻被他頻頻打斷——

「告訴我發生的時間？」

「情況如何？」

我忙要掀開患部，而那紅疹精怪白天藏匿，無法佐證病情，突然間我像說謊孩子般慌了起來，真的，晚上真的很癢，很嚴重，我翻掀衣服扯下腰帶⋯⋯

醫師有點不耐煩：「這樣沒辦法辨別。你必須回去寫日記！」

「寫日記？」

「嚴重時拍下來，才能知道情況，光這樣說沒有用！」

「真的很癢，擦很多種藥都沒效！」

「妳擦了什麼藥？」

啊！既沒帶藥來也說不出個所以然，我是搞不清狀況且不用功的病人！那怎麼辦？這一趟白來了嗎？

醫師還是開了藥，只好回去試試看！

＊

這晚因有新藥有恃無恐。豎起神經，守在紅疹較常出沒處。出來啊！手機置放一旁，等著捕捉牠現形樣貌。晚餐肚臍上方又癢起來，三兩顆紅疹浮出來——

「啊，有了！」新藥膏擠出便抹上去，仔細感受癢的強度。如夜釣般等候魚群前來，想將之逮個正著，一網打盡。守著守著亢奮精神逐漸疲累，不知幾時跌入夢裡，晨間醒來，查看肚腹後腰及小腿側，紅斑沉默，不透露任何訊息。

皮癢反映體內狀況，免疫系統生變造成過敏，病灶複雜不易查明，是常駐體內，隨我成熟老去的神祕客人。自小皮膚便常搔癢，飲食、衣物或無從判定的原因，整片紅疹便就出現，如潮浪波波湧起、消退，為伴我成長的必然插曲。癢比痛和緩卻較難纏，無法計數的搔癢經驗，留下一幕幕狼狽難堪又無法向人盡訴的痛苦記憶。

癢從體內生成亦可能自外感染，榻榻米下的跳蚤曾是原因，吊掛相思或榕樹上的毛蟲、美味的芒果、荔枝或海鮮皆是肇因……，常於盡興忘情時身體出現亂碼，提醒人節制小心。

猶記初到美國那年身上長出不明疹子，自小腿往上蔓延，癢揭竿而起時相串連，有時局部打著游擊戰。許多夜晚癢到無法入睡，舉著坑疤兩腿坐在客廳，一次次看黑窗轉成白亮，至醫院求醫且做了切片檢驗仍無結果，徒然痛苦好長時日。

病原為何？老謀深算的皮膚科醫師不敢斷言，促狹認真說道：「日久見人心，慢慢總會水落石出！」啊！癢之苦如火蟻嚙咬也似毒針發作，內發的煎熬如被詛咒，叫人如何等得？

往赴醫院約半小時車程，與常去的電影院同路，目的地不同心情迥異。經柳川及中華路，白天攤販歇息，夜市如尋常馬路，地上存留營生痕跡。生活有人勞心有人勞力，有人累及肢體臟器與皮骨！

常於心裡為各種病痛排序，皮癢與牙痛一樣不可小覷。那回不知哪來的病毒，每到夜裡便似魑魅夾著利齒自體內鑽出，搔癢自筋骨幽微處發生，皮下喧騰似硫穴滾沸，踢開被褥左閃右竄仍止不住牠強烈的攻勢。

指爪近癢處原只打算輕按幾下稍微解癢，卻臨時加強氣力，不計一切後果狂抓起來，一時快意換來累累傷痕，沖冷水後換成冰敷，挫敗情節反覆發生。

病情失控，引起醫學中心專案討論，醜惡患部被拍下秀於投影布幕，醫護人員都認得我。一次次如困獸等候天明救贖，再度切片化驗，艱困計數時日，最終仍等不到真相。癢如精靈神出鬼沒，不明風暴掃過，徒留滿目瘡痍！

陽光下的隱形人

在陽光下行走的人，他的皮膚必然晒得黝黑，即使他並無此意。

——塞內加

紫外線依波長分為UVA、UVB、UVC。UVA能量低穿透力卻最強、UVB可藉衣物遮擋、UVC因臭氧層破壞造成危害。紫外線會造成皮膚組織發炎受傷，致使細胞形成自體抗原導致免疫反應，光過敏引發諸種皮膚不適，為紅斑性狼瘡常見的症狀，患者深受其害。

早先撐傘是因愛美，對於傘的式樣顏色多所講究，碎花、條紋或滾蕾絲邊，精巧穿搭彷如名畫中的仕女。雙腳跟隨行走的綠蔭，踩著微薄的防禦心理，與造物維持美好聯繫。狼瘡確診之後，天地驟然變色，陽光嚴厲，即便柔和亦教人不敢放心，陽光似乎布下天羅地網，我的腳步越走越侷促，世界漸愈狹窄。

日常生活不可無傘，傘如盾牌，助我於炎日下衝鋒陷陣，若無遮掩，快步通過咫尺遠，紫外線如流彈箭矢擊來，身體便有反應。

好幾回因為懶惰心存僥倖，眼角即刻浮現紅疹，此後只好乖乖防晒、拒絕陽光，晴天出門必定撐傘或戴帽子，忌諱讓陽光直接曝晒。菜園老婦讚嘆我雙腳如蔥白，親友也說我皮膚越來越白，甚至懷疑我去打了美白針。我有苦難言，這一切為我始料未及！

*

紫外線不僅來自陽光，室內照明亦藏危機，傳統鎢絲燈泡以及日光燈需做防護，臨靠窗邊或坐燈下，意想不到的妨害便就發生。沙灘雪地或高原，紫外線以無形利斧刺入皮層，狼瘡患者體內器官如脆弱瓜果易被砍傷，即便陰天，雲層看似和藹，卻無法阻擋紫外線滋事。光明表相隱藏著黑暗，陽光似在窗外其實悄然滲入，浪漫夕陽夾帶彩色毒素，讓人不知不覺地發病。

容易發炎的體質讓我越來越怕熱，渴望陽光卻天生畏光，如黴菌只能暗中生長。早上體溫微燒，身體處於發炎狀態，陽光助長熱度，讓人不舒服。紅疹不預期冒出，時如鏈球菌聚集、時如楔形文字洩露天機，一片片短暫或長久的風景去復來，只能與之和平共處。

現在回想起來，之前臉遇陽光便就冒出的紅斑皆是病症，如遭狼齒囓咬，諭示我特殊的體質！那年至印尼女神廟旅遊，落日時分海上霞彩映現，浪漫繽紛之際，藏匿後背的火盆亦熾烈燒起。而在夏威夷海灘，悠閒的雞蛋花、椰子樹，棕櫚、花裙內裡總包藏著隱疾。一回旅店，只見身上浮起錢幣大小印記，變形蟲般地延展、聚集……，年復一年，歡樂暑假總含危機，幸虧那被陽光逼出的火氣數天便如潮浪般退去，天氣轉涼，火爆記憶便被遺忘，直到下一年暑假，類似景象才又出現。

*

歌德：「陽光越是強烈的地方，陰影越是深邃。」

我在光明與黑暗間有著幽微心事。百葉窗調整陽光斜入角度，我躲在屋內，自葉片縫隙窺探室外，想起世人對陽光的讚頌與抱怨……

拜倫：「太陽是上帝的生命、是詩歌、是光明。」彌爾頓認為：「太陽是大千世界的眼睛和心靈。」陽光為能量之源，關乎宇宙運行及生機延續，就現代醫療及養生觀念看來，陽光可改善睡眠質量、增加精神、降低壓力，亦可強健骨骼組織、殺死過敏來源、強化免疫力、延長壽命……，常有人建議我多晒太陽，我只能微笑回應，不知如何向人訴說內情。

陽光好處多，卻與我無緣，我如軟塑膠或冰雪，遇見陽光便會融化，只能撐傘、戴帽，算計陽光傾斜角度，於屋簷、牆邊或樹蔭底下繞行，堪稱陽光下的隱形人！

陽光黥面，瞧那一張張被太陽晒紅的臉龐，有的彰顯令人傾羨的健康、有的浮現清楚的蝴蝶斑，泛紅雙頰如蝶翼、鼻為身體、兩道眉毛是觸鬚，如蝶黏覆，異樣腮紅不再美艷，且將侵蝕皮膚、啃噬笑容，引人進入漫漫的毀滅過程，每當見著年輕女孩臉上顯出那紅斑，心底不由地憂心！

抽血站常客

儀式具有安撫作用，且當你試著尋求答案時，儀式能提供基本架構，使人安定。

——黛博拉·諾維爾

為了檢視疾病活性，免疫風濕科回診前皆須驗血、驗尿。罹病後便成為抽血站常客，一次次進出檢驗站，留下許多醫療紀錄。

抽血站位於醫院二樓，搭乘手扶梯右轉，便可見那十來處窗口。叫號聲引導人流——○號請到○櫃台——輪到時醫檢師先行驗明正身，再將檢驗單掃入電腦，一張張標籤連著檢體送進實驗室被解讀。

醫檢師鎮日面對人流，拿著注射器刺進一條條血管，自循環血液中汲取一截暖熱、或於將涸支流擠出些許汁液，工作經年重複，教人不得不佩服！

抽血工作看似簡單其實不容易，紛雜的血脈、多變異樣的皮層，更別提不同知覺對疼痛迥異的忍受度。口罩上方露出嚴肅眼神、時而閃動悲憫卻須泰然自若的情愫。浩瀚醫療長河中，醫檢師守護、掌管最初始閘門，日日承接粗細不一的手臂，並須包容各種情緒反應。針刺入祕境，關鍵報告盡藏其中。針筒與皮肉應維持何種角度？手勁如何拿捏施放？序號持續翻跳，來者脆弱或堅強，血管可能過細或匿藏層層肌理脈絡中，醫檢師總需沉著面對，經手習題一道道完成。

白亮針頭刺入，血液無聲流出，暗紅液體迅速盈滿針筒……

不記得於此檢驗站舉捋多少次臂膀，曾有醫檢師說我的血管太細，需用娃娃針才能插入、亦有醫檢師誇讚我的血管夠粗，抽血不難。此一時彼一時，潛流隱隱現現，不知誰說的準確？

抽血是日常，尤其參加醫療實驗期間，最高紀錄一次抽了三十多管。細針刺入，血液噴出、透明管子一根根被填滿，長短粗細排列壯觀。久病不見得可成良醫，卻可提升疼痛忍受力。罹病後我不完全理性堅強，而發自體內的苦難無從逃避，只能學習從容面對。

人生艱難，能少疼一次是一次，驗血時總盼遇著優良醫檢師，一如搭機希望機師技術良好，起落便可免於地心引力強烈拉扯、遭遇亂流亦得減緩些恐懼，安穩享受一趟平順飛行。

＊

一方檢驗櫃台一人主事，青壯男女、面善或惡，下手輕重各自不同。有的看似新手卻熟練老到、有的下手快準但嫌蠻狠、有的拍臂舉手反覆查看前置作業繁複，下針時遲疑反倒延遲痛苦。痛覺發生於針刺當下，輕重緩急巧拙有別，美好際遇可遇不可求！

難忘那資深女醫檢師不知施展什麼魔法，讓人被催眠般毫無知覺便已完事；亦曾遇過施力太過造成壓迫，疼痛無端增加了好幾分。針刺如蚊叮咬，無痕或瘀青，血管如河道一次次開挖，前臂傷痕隱隱顯顯，戳錯重來，平白多痛一次。更慘烈的是中途漏針，鮮血橫流，讓人怵目驚心！

瞧望受檢者頻來聚集復離開，如水凝聚、滴落復生成，生命之河持續奔流……

驗血如應戰，慷慨赴義或畏縮哭喊，無屏幕遮擋，叮咚輪到便就上場。成年人必須勇敢，孩童才有膽怯條件。檢驗站如漫漫長灘，駐足遊逛之際順便見著各種人情風景。那怕疼的小女孩一靠近櫃台便欲掙脫，大人強押哄騙，硬要她就範。女孩歇斯底里喊叫，近逼針筒如奪命利劍，一場激戰於焉上演。而最讓人難過的是見那乾癟孱弱的病體被推前來，皮薄如層膜般貼附骨頭，下滑身軀被綑綁固定輪椅，無須等候驗血報告，重大疾病早已確定。

驗血站如市集，鎮日人來人往，有人清閒隨興，有人慎重如臨大敵，此生就此皮囊，須得妥善維護。每月一次如定期考試，期待紅字減少，成績進步。醫師依照數據定奪處方，不容造假的測驗，只能聽天由命！

抽血時臉上是何表情？平靜微笑或眉頭緊皺，沉靜湖面泛出一圈圈波紋……

病痛難免，豈在乎多這一道關卡，目光昏暗四肢無力，不知還有什麼可以失去！

洋滿消毒藥水的空氣異常沉重，針頭一次次刺入、抽出，穿針引線讓人繼續生活……

照胃鏡宿命

緊張與彈力，這就是由生活發動的兩種相輔相成的力量。如果我們的身體嚴重地缺乏這兩種力量，那就會出現各式各樣的意外，發生殘廢或疾病。

——柏格森

腸胃關係營養的輸入與送出，影響人體強弱甚鉅。對此重要器官有人珍惜如命，有人如待近親般粗魯隨興，飲食多寡寒與暖，一次次實驗不同的輸入與產出……，問題於是發生。

經過這樣多年，我的消化系統仍不平靜。早先的X光檢驗結果證實我腸道較長並且彎曲，容易造成脹氣、腹絞痛。日子如常，體內卻有顛覆分子，為平息內亂引入鎮暴士兵，外來藥物卻興起另外戰役。類固醇造成食道及腸胃問題，輕者發炎不適、重者潰瘍或更慘烈。經常感覺食道灼熱，有時吞嚥困難，如將異物硬塞入不應該的容器。有時吞嚥口水不順，無端便引起一陣劇烈咳嗽，一聲咳一道烏雲遮蔽，晴天受著干擾，優雅表情便無蹤影。藥能救命也含毒素，兩害相權取其輕，誰能抱怨降魔功臣造成的副作用！

食道持續灼熱，清晨胃囊明顯刺痛，如被砂紙刮磨過，陣陣疼痛讓人淚水欲出，最私密的通道最破敗，滿心猜疑無法向人表明！

饒恕我吧，我日後會小心謹慎，痛時急忙擺出低姿態求饒，事後又心存僥倖得過且過。

西方有句名言：「一副好腸胃，比擁有好大腦還重要！」、榮獲諾貝爾獎的細菌專家梅奇尼可夫也說：「衰老始於腸。」

腸道年齡是健康的指標，一旦老化，毛病接踵而來。現代醫學之父希波克拉底有句名言：「死亡從腸道開始，不好的消化是萬病之源。」

頻看醫生，膠囊藥丸一把一把吞入體內，何其不想節外生枝，無奈醫病纏結，禍福相依，病菌、解藥角色混亂，我的腸胃於是離健康越來越遠，只好再次掛了腸胃科，接受照胃鏡宿命！

*

排定照胃鏡時間，即便有過經驗，臨事時仍然膽怯，最後關頭忍不住上了次廁所，腦前自動播放上回照胃鏡記憶——

那回護理師拿著麻醉藥劑在我嘴內噴幾下，囑咐我含住再慢慢吞嚥。我遵照指示保持脖子上仰姿勢，只覺咽喉一陣辛辣。H坐在一旁用悲憫卻愛莫能助的眼光看著我，安慰說：「很不舒服？忍一下就好了！」

另個護理師再次前來關心：「吞口水有卡卡的嗎？」喉間辛辣後漸地腫脹，不確定這便是她所說的情況，想要回答卻說不出口，感覺確實有異狀。

護理師見我不置可否便又拿藥劑在我喉間噴兩下。辛辣繼續，我不能再說話。之前手指及牙齦上麻藥後也有類似反應——腫脹、遲鈍，如行一大片搆不著邊的荒原、亦像泅泳汪洋⋯⋯，腦前不禁浮起手指被橡皮筋綑綁，血液循環不順變黑的景象。

不久我被要求進診療室屈身側躺，枕頭外沿鋪好幾層紙巾，另位護理師耐性和善向我講解即將發生的事——說著拿起一塑膠器物要我緊咬住用嘴呼吸。醫師進場，三位護理師隨侍在旁。

「開始了喔！」如船啟航，馬達轟轟轉動——護理師彎身貼耳提醒：「用嘴呼吸——吐氣慢些。」醫師以溫和口吻說：「放輕鬆——」護理師接著出聲：「呼吸，記得繼續呼吸！」醫師表示嘉勉：「妳做得很好——」長管繼續往我喉內伸入——不清楚前路還有多遠，儀器控控運轉，如舟行急流，醫師掌舵，一腳伺機踩著快門。我緊含咬嘴，如受浮潛訓練般——呼——吸，忘記鼻子的存在，吸，吐，清楚聽見自己的呼吸聲，張嘴用力做好這動作便不斷獲得肯定與讚美。

眼前只剩這件事，只是不知還要多久，如游魚被縛身軀，亦像鯨豚擱淺沙灘……，細管被抽出，粗管跟著一段段拉出，船隻啵啵即將返航——吞嚥不及的口水滿溢出來，我起身用右手擦拭濡濕的左臉。

H被請進來一起看拍攝結果，一張張接連的亮紅腔道便是方才的經過路徑，平坦皺縮如岡陵起伏、或如泛著異樣色澤的濕地，看似陌生卻是我體內實景——幽深孔道正是方才戒慎進入的奇妙旅程！

醫師指出潰瘍及發炎部位，說明可能病症且已做切片，開了處方告知一星期後看報告，我點頭致謝卻說不出話來。

回車上，H見我仍然沉默，握了握我的手欲要安慰，我忍不住說出：「根本沒有那麼可怕！」麻藥漸退，腫脹感消失，總算能再順利發出聲音，其實只要用浮潛的呼吸原理就可以了！嚴肅醫療與休閒連結，荒涼晦暗便生出彩色花朵……

H笑了出來，我比他想像的要勇敢！

車啟動，我繼續聒噪。知道真正要擔心的是下回，還有下回之後。

＊

不過幾年，歷史又再重演，我果然擺脫不了照胃鏡宿命！

進入診間，口腔按例被噴上麻醉劑，身體登上狹長平台，依照護理師囑咐側躺呈主治醫師期待的姿勢，咬嘴、吞嚥一次，之後便以嘴吸吐，硬管侵入食道，我試著用嘴呼吸，驀地想起上回照胃鏡以浮潛原理便可輕鬆應付，而這次我的氣短無法盡吐、吸氣少許便要換氣，稍一不慎便犯吞嚥忌諱。長管直入，半途遇挫便卡住了。自己的身體最教人惶恐，諸多疑猜輕易便就生出，一分釐距離如高山險谷般難以渡越。一道起伏如深溝海峽，張嘴，如金魚般將嘴凸出，真相就要顯出！

啊！深紅、亮橘，緊縮或鬆弛，電腦螢幕上那一張張圖片便是讓人感覺吞嚥困難的現場，那清晨、夜半突然痛及心肺、引人諸多遐想的深穴。小凸起切片等待化驗，緊繃心思自竿頭滑落地面，狐疑囊袋仍懸腹腔。

化驗結果未有重大病變，各種不舒服仍然存在，腸或肺、淋巴甲狀腺或神經……，渾身皆是假想敵！

心律不整疑雲

生之本質在於死，因此只有樂於生的人才能真正不感到死之苦惱。

——蒙田

紅斑性狼瘡影響到哪裡，病變就發生到哪，最擔心的事似乎發生了！

那天，明顯感覺心臟在肋骨底下胡亂跳動，急遽且不規律，血壓也上升了！心跳咚咚如戰鼓，時而迸出兩聲特別強烈，如平地突然響起的一聲雷，也像前方突然出現要將人絆倒的高地。心跳撲通撲通越來越強烈，感覺全身從頭到腳都在跳動。我害怕那發自體內的恐懼，如有猛獸於體內竄動隨將跳踉出來，或將遇著強震或亂流，予人莫名的恐慌！

病情與檢驗報告交互作用，因心跳怪異而就診，也因檢驗結果更覺心跳紛亂。心跳每分鐘跳超過九十下，搏動猛烈，欲想忽略而不能，災難想像不斷擴大！

家醫科心電圖抓住那奇異瞬間，報表異常起伏，幽深谷壑夾雜不明陡峭，登登兩聲，如跌落斷層，也像隕石碰撞地球般地突然，讓人驚異將要發生什麼事！

越擔心心跳越慌亂，讓人有種不祥預感，到底怎麼一回事？九二一大地震時的地動天搖、車禍將臨的驚心動魄，心跳砰砰……，恐慌如蛇纏身，讓人十分憂懼。而日子必須接續，撐持人往下走的除了肢體還有意志力，調整心態常是順逆關鍵！

心跳依然激烈，只是之前未察覺！兒時常聞電台工商服務時間形容「鬢邊捽捽叫」，或許就是這情形！感覺不舒服時便站起來換個角度坐臥，藉以轉移注意力，勿讓心弦繃得太緊。

疫情期間，每天死亡與重症人數長達數百人，各種病症被提及，只有鄰近自己身上才會感受到它的力道與威脅。

心跳不到七十感覺像超過一百，不自主的緊張，患得患失的狀態，連向左臂俱皆緊繃，心理鎮定劑自行斟酌服用，不斷與己協商，於防微杜漸與大而化之當中找尋平衡點。

疑雲必須化解，病痛仍需藉由醫療來證實。

運動心電圖

運動心電圖檢驗室位居地下室，木門推開，接連心跳脈搏螢幕的跑步機座落牆邊，右邊白牆掛了幅小油畫，青綠色看不出畫的是哪裡，正前方有三幅更小水彩，分別是自由女神、花卉與橋。

護理師請我將內衣褪去，撩起上衣，以便將貼片與電線安裝上身，右手則束縛上脈壓帶。站上跑步機試走一陣後，腳下機器開始加速，坡度逐漸陡峭。我眼盯前方，手抓橫桿，腳步隨之加快，呼吸漸地急促……，重踩的腳步與血壓量測聲交響。我賣力跑著，螢幕上的各種曲線並列延伸，突起或平緩，舒張壓與收縮壓及脈搏數字不斷翻跳。

護理師頻頻詢問「妳還好嗎？」我點頭，雙腳不停前奔，想像自己正於叢林中探險，高山峻嶺，忘卻所有肢體關節上的疼痛，奮力向前，衝過深谷與坎坷尖石……，無聲之風掠過耳際、快踩、用力，再往前一些，一股好強之心讓我充滿活力，不服輸，勢必完成任務，雙足碰碰踩過淺流、激湍，礫石和荊棘……，跑步機加快，坡度累增，前奔復前奔，收縮壓抵一八〇，行進間將口罩往下拉，汗水自前額、頰邊滲出，前路還有多遠？心臟將受如何試煉？

心臟超音波

走進暗室，仿如進入廢置的展館，布幕遮圍起一方平台，螢幕接連著儀器，我被指引寬解衣裳，向左側躺，一身形纖細，目光澄澈的女子設定好儀器，簡單說明後便將超音波探頭置於我前胸，於左側肋骨間隙按壓停留、自各角度緩慢移動，昏暗中我似走入迷宮，於狹巷、窄房當中處處碰壁，經阻後前進，此方不通轉向，經由另一腔室另尋出路，砰砰砰砰，驚慌疑慮四處逃竄，密室逃脫情節正在進行。探頭傳輸訊號至電腦組像系統，心臟跳動情形即刻顯示於電腦螢幕。砰砰——砰砰，探頭持續遊走，仔細量測搏動中的心臟大小及其相關位置、跳動規律、進而深入各瓣膜的結構及運作……，一顆心能承受多大壓力，引發多少疾病？小小心室覆滿疑雲，近三十分鐘分鏡畫面被拍下來。

遊戲終止，自暗室走出，心臟仍然勃勃跳動，方才的一切如夢一場，就等著被解讀！

檢查前鼓足勇氣，受檢時大費周章，而真正的考驗卻在等候檢驗報告之時，烏雲將會散去或將引發一場傾盆大雨？只能看上天旨意！

報告顯示一切正常，解除各種猜疑的合理性。此後不得再疑神疑鬼，而藏躲體內的小怪獸仍然時時作亂，只能自行應對。

帶狀疱疹去復來

健康的開始在於知道自己的疾病，在於願意服醫師開給他的處方。

——賽凡提斯

「帶狀疱疹由水痘帶狀疱疹病毒引起，兒時得水痘痊癒後病毒仍藏神經節，年紀增長或免疫下降時復發，初似輕微感冒，不易與其他疾病區分，之後皮膚出現單側帶狀集聚性紅疹並出現水泡，易引發皮膚潰爛，甚至蜂窩性組織炎……」

網路及電視不斷出現相關的駭人提醒，之前亦曾聽聞親友罹患此疾，而旁人的痛苦不易理解，只有親身經歷，才知實際情形。

神鬼交鋒，惡劣紅疹初次上身

如海流中出現貝殼或像林中生出特殊荊棘，讓人驚異的紅疹自皮層浮出，沐浴時手指隨著水流拂過，潛藏的憂慮化成具象。病毒結出的果子如浮雕、又像點字，引爆神鬼交鋒機緣。

那疹子盤據皮膚便不退守，似自體內射出的子彈，鑲嵌皮層成為詭譎裝飾，予人身體變異的不祥之感。帶狀疱疹被視為體弱徵兆，諭示自體免疫系機能欠佳，一次發病生理狀況便呈現一次低谷。

第一次罹患帶狀疱疹是在確診紅斑性狼瘡後兩年，當時服用睦體康（免疫抑制劑），加上工作壓力造成免疫力低下。一天發現尾椎外層皮膚出現一顆顆硬疹，至皮膚科診所後轉診醫院，確定為帶狀疱疹。

醫師開了口服抗病毒藥物，提醒我生發的位置接近泌尿系統，可能影響排尿，囑咐要多喝水免得傷腎。服藥第四天，紅疹逐漸乾涸黯沉，患部如堅硬鱗片，似惡靈強賜的醜陋貼布，不知何時才能撕下來？深切感受那自神經傳來的刺痛感，自患部連至筋脈，如針刺亦像被尖利嘴喙啄咬……

連續吃了十四天特效藥，並減少免疫抑制劑用量。粗大紅疹逐漸消腫、然後結痂，如蛇脫皮般逐漸脫落。期間解尿順利，神經痛日漸緩解，病情一週內便得控制。厄運偶爾找上我卻未施以最強力道，我幸運逃過一劫。

之前聽說帶狀疱疹得過便得免疫，事實並不如此。過兩年（二〇一九）參加新加坡醫療實驗，滴劑注射後不久，身體又不對勁。免疫系統出錯，始料未及的病變層出不窮，我注重養生、簡單生活，仍難避免帶狀疱疹襲擊，令人遺憾的是它總在我最不希望時發生。

愛河邊的印記，最不希望的發病時機

那回難得出遊，晚餐後與H於愛河邊散步，河上映出粼粼波光，岸上咖啡座沿河排列，遊客相對暢談，歌手悠揚演唱，我挽著H的手臂，心情很是愜意。罹病後生活屢遭考驗，腳鐐手銬重負，身心俱疲，連H也跟著受罪。那晚夜宿國賓飯店，把握它即將走入歷史的紀念。天候微涼，風吹剛好，我的腳筋輕鬆，走路一點也不吃力。岸邊散布遊河旅客，人間溫情傳送，我們隨興走著，H擔心我不舒服，我告訴他：「我好得很！」兩人閒步至便利商店買了無糖豆漿便回飯店。

沖浴時觸摸到右大腿內側有密集硬疹，頓時心驚感覺不妙，暗自祈求上天不要開我玩笑——帶狀疱疹千萬不要再來，尤其勿在這時候！愉悅蒙上陰影，窗外燈光迷離，河畔閒情感覺有些遠。不想告訴H我的擔憂，懷著心事入睡，希望天明時紅疹已經消退。

隔天醒來，趕忙察看腿側狀況，紅疹陣容仍然堅強並未退去！待離開飯店車駛上高速公路，我便告訴H這件事。四輪繼續前奔，二日歡樂成為記憶，下台中交流道H將車直接開往醫院，回到我們的生活日常。

幾年時間醫療進展，健保規定時有變革。這回特效藥只需服用一星期，病程於是縮短了。

帶狀疱疹一次次纏身，我未老先衰，經常遊走於免疫紅線，特效藥發威，猙獰紅疹消退，凸起逐漸平整。一次病毒上身留下幾點，刺青般描繪生命印記。體能是因、疹為果實，由因生果，回溯近期帶狀疱疹的發作狀況，便可理解生理情形。而氣候寒暖體能強弱變異，存留體內的病毒何時會發作，任誰也不敢說！

年前身體又有異狀，幾番猶疑後趕忙就醫，醫師判定這回不是帶狀疱疹，建議我乾脆施打疫苗。注射完後從此是否便能高枕無憂，只能交由命運與時間解密。

新冠疫情中的免疫難民

許多人太習慣不快樂了，以致於他們根本沒有察覺到自己不快樂。

——丹單・貝克《幸福人生的祕訣》

舟行海上，大小潮浪不斷，纏身病況於日記中寫下一圈圈深淺波紋。

二〇一九年底，一則不起眼的醫療新聞於電視螢幕中映現，迅即堆疊成巨浪席捲各地，不明病毒如雲聚攏，造成全世界的劫難。平地起風波，天地驟然變色，急速蔓延的恐慌超乎歷史經驗，最糟糕惡劣的想像擴大，除了配戴口罩，減少群聚，還能做些什麼？死亡案例接連發生，噩耗透過電視傳播各地，命運之神操起刀械亂舞，被染指的肺葉瞬間轉白，原本活潑的生命一個個倒地，老弱病患尤其免疫力低下者，更被認定是下一波罹難者。

死神四處遊走，病毒持續肆虐，疫苗研發為人類共同希冀，花木被風吹落，有人挺立浪尖，有人不敵侵害被淹沒，山崩海嘯，命運點召，平日積累的陰德、養生成果此際做一總結算。

疫苗問世，為疫情防範開出一線生機，而疫苗數量有限，誰該先打？誰其次？巨輪將沉，誰應坐上逃生艇？即便取得優先權，對這以全人類為實驗的醫療仍無信心。

我的DNA抗體居高不下（Anti-NDNA高過500 U/ml，正常持質應低於92 U/ml），脫序且不會捍衛自己，反而會變成異常介質，刺激其他細胞摧毀健康的細胞和組織。依《自體免疫戰爭》書中的說法：「戰鬥細胞或T細胞會刺激自身抗體，轉而對抗自己。」

一向容易搞錯戲碼的免疫系統此時極可能引發一場失控風暴，大環境加上個人考驗，擔憂至極只能將一切交託上天。

AZ、BNT、莫德納……，疫苗相繼問世，該打哪一種？攸關性命的話題被熱烈討論，憂心疫苗副作用，與日攀升的死亡率讓人不得不低頭。死神環伺，惡靈移走陽光，病毒迫使人收起笑容，真情盡藏口罩當中。空曠街道迴盪著風險，劇烈晃動的水晶球讓人看不清現狀與未來。

莫德納疫苗防疫性高副作用強，有人以被火車撞著形容慘烈狀況，讓人望之卻步。天降難題，能做的選擇卻極有限。

如臨大敵般請示主治醫師，依囑暫停服用免疫抑制劑。為對付新冠肺炎，暫不裡會體內作亂分子，腹背受敵，裡外混戰，誰死誰傷、誰佔優勢，任誰也不敢說。首度接種疫苗事先做好最壞心理準備，也許我將發燒、癱躺甚至被送急診，一道道阻礙於面前堆高，心理天平晃動不已。

歌德玫瑰初綻時與其他紅色系玫瑰並無太大差異，外圍花瓣開盡，掏出繁複內裡，關於美麗與哀愁的解讀因人而異。

疫苗持刀帶槍入我體內，叫囂無聲、刀械碰撞，我嚴正以待，靜觀其變。時間分秒過去，供瓶玫瑰未見萎落，香氣融入夜氛。第一晚安穩度過，隔天太陽如常升起，未見火車匡噹威猛撞來，逃過一劫般於心中暗自慶幸。新冠疫苗安全進駐體內，是否將與被抑制的免疫細胞相安共存，各司其職，讓我於此波大時代災變中安然無事？

＊

疫情一波波，原本的風浪加上隨將逼近的大海嘯，讓人心情沉重。整個世界成為一個大實驗室，病毒如何衍生、突變，疫苗進入人體殺敵立功後，將留下什麼影響？

慢性病患者，尤其免疫病變者更屬高危險群。

確診人數高低起伏，現代「瘟疫」持續，坎坷之路不見盡頭，無常世事讓人更加珍惜生命。口罩遮掩喜怒哀樂，即便不舒服也只能適應。肺活量差，口罩一戴上呼吸感覺更不順，走一小段路或上下樓梯便氣喘吁吁，呼出的熱氣氤氳鏡面，眼前一片白茫。更麻煩的是一開始講課，嘴一開闔，口罩便就滑落，比手畫腳之餘還要忙將它拉回覆蓋口鼻。

日子要這樣過下去嗎？所有的人都在問！

暈浪中有人落海、有人繼續困守船上。因疫情無法出門，疲累身心名正言順地在家休息。DNA抗體居高不下，發炎指數時高時低，一盆無法撲滅的火勢只能儘量控制。

庭外玫瑰有的美麗綻放、有的枯死枝頭，疫情籠罩，茉莉仍按時開花，帶來滿園馨香。

病程滴答向前，疫情大鐘時針分針不停轉繞，確診呼聲此仆彼起，最不被看好的我反而屹立不搖，成為所謂的「天選」之人。遠距教學期間對著鏡頭發送訊息，學生藏匿方格當中，不確定我強調的重點他們都收到了。居家如處山林，最黑暗的時代反而衍生出另種安逸。

也許和式書房阻礙我雙腳的血液循環、也許遠距設備太難掌握，雲端縹緲，我躲過疫情卻躲不過纏身的病況惡化。

緊覆口罩至醫院求救、烽煙四起流彈四射，醫護人員全副武裝堅守救人崗位，主治醫師蒼白的髮色更顯粗糙，堅定的神情顯出疲憊。人人一條求生繩索，醫師守護讓眾人得以繼續生存。深刻感受人應一同懷抱希望，抵抗命運，不論遭遇什麼樣的難題，存活是前提，余華於《活著》書中說：「人總是在為活著找理由，事實上活著本身就是一種理由。」

活著才能繼續與病魔纏鬥，朝往痊癒之路。類固醇及止痛劑增加，捧著大包藥劑如抱浮木迅速返家，時局越是艱難，求生意志越要堅強。

醫師對抗病毒，教師站立教育現場最前線，停班停課後總得重回校園，內心憂喜參半，疫情持續，台上台下隨時有人不支退場，我竟然成為救援角色。

或許我的潛意識好強，平日於人前腳再怎麼不舒服仍會儘量挺站，忍痛行走、上下樓梯，即便事後要花兩三倍代價才能恢復。

上天似乎看膩了人類重覆犯錯於是給予懲戒，而災難也有期限，至少須讓人有喘息空間。從沒想過疫情會停留這樣多年，亦未料著它有一天會告退。陰霾仍然籠罩，一線曙光露出，禁錮過久的靈魂忍不住要掙出，上山下海、飛越國界，或者實現這些時日來被禁止的群聚活動……

疫情仍有餘波，我幸運仍然平安，得繼續與我的慢性病纏鬥。

戴枷鎖的舞者

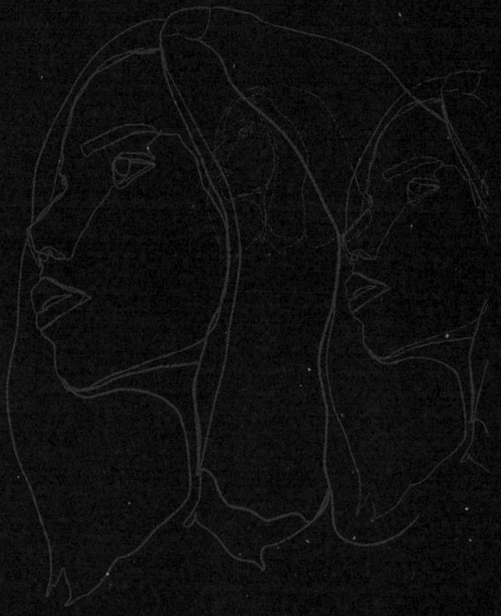

發病後回到職場，穿著寬鬆衣褲，
隱藏痛楚的肢體與心事。
手指變形無法使力，腳拇趾外翻必須手術，
仍拄起拐杖挺站講台，鼓足氣力寫好板書，
擔負起傳道、授業、解惑責任。
與重症共存，從磨難中學習，
試著調整心態與生活步調，
珍惜眼前，體會幸福。

第三章

堅守原來的舞台——工作與生

關鍵抉擇

通常是「失去」教會我們看到事情的價值。

——叔本華

最初不知如何形容罹患慢性病的處境，彷有陰影籠罩，從此不能無憂生活，讓人覺得沮喪。而日子依然得過，正如故障機器想要繼續運行，只好想辦法維修。

擁抱殘缺何其不易，從震驚、拒絕到不得不接受，身心經歷一場嚴格試煉。似蛹之生般的掙脫，病重時晦黯，情況和緩時又試著舉翅，拍動生之熱情與風采，許多之前認為理所當然的事，如今才解其中真意。非常之時才知平凡的幸福，從自負、自憐到逐漸自我疼惜，學會接納不完美便是種成長。

之前的書房位於地下室，和式木質地板上鋪著棕色短毛地毯，矮木桌、鮮紅靠背軟墊，曾是我享受閱讀與創作的個人天地，病發後瞬間變成自艾自憐的悲傷角落。那陣子除了關節疼痛、不明的胸悶，連呼吸都無法像以前一樣順暢，如水中游魚突然有溺水的感覺，日子不知如何往下過！

多次求醫無解，H的耐性一直被我消耗著！胸悶、不舒服如鬼魅，我繪聲繪影說著，旁人卻無從體會。軀體困頓，精神恍惚，生命氣象薄弱。壁上字畫皴皺，櫥裡獎盃蒙塵，四壁造成壓迫，陽光已經移走，淚水欲流卻又流不出，抗焦慮藥劑吞入體內，如冰塊投入湖中。時處敏感浪尖，即便入夢亦險象環生。現實與夢皆不輕鬆，我成了不愉快的化身，旁人雖然同情卻無法完全理解，我也不願天天訴苦！

＊

伊麗莎白·斯特勞特於《生活是頭沉靜的獸》提到：生活依賴「大事件」和「小插曲」組成。人生路有時平順、有時崎嶇彎轉，而人只能往前走。生命既已開始便無法暫停，至少不該無緣由地令其中止。如何改善現狀，讓自己好過些，才是當前要務。

至今不解當時造成胸悶的原因，是心臟腸胃還是龐大的心理壓力？只記得胸悶體沉，越是驚慌感覺越不適，身體如牢籠將自己困住。抗焦慮藥只有短暫療效，助我度過小波潮浪，而後浪一波接一波，讓人長期暈眩。那時經常擱淺床上，無法站起，思及過往與未來便悲從中來。曠廢了春天，眼看夏季將盡，仍然無法回返往昔，亦不知未來如何。

八月下旬，一場無法推辭的演講讓我不得不離開床鋪，勉強起身扶著床沿梳洗換裝，對鏡望著自己那浮腫、無神、瀕臨崩壞的容顏與神態。重新坐上駕駛座，顫抖的手發動車子，引擎轟然震動起來，腫痛的腳踩上油門，車前進，路邊熟悉的景物赴目，即便車窗緊閉，仍感覺風的吹拂，日子彷彿又回到從前。

進到演講廳，來自兩岸的學子皆已坐定。我強打起精神，潮銹顏面神經勉強牽出笑容，兩手交相緊握遮掩手抖情形。拿起麥克風，抖顫嗓音於空中迴響，為讓聲音接續順暢，我刻意壯大聲量，努力將內容表達完整，阻塞的喉嚨與思緒陸續被打通，我於聽眾間走動，後步比前步更穩定，啊！擱淺舢舨又再航行，許久未有的踏實感覺重返。

心裡雖然篤定卻有惶惑——我仍否像之前一樣工作與生活？

職場不容許曠廢軟弱，只能儘量不露痕跡，扮演好自己的角色。無人知曉我行一步需費多大氣力、自座椅起身須忍受多少疼痛。為要抑制類固醇副作用，我刻意節食，仍無法挽回身軀臉型日益腫脹的劣勢，更無法向人解釋一切非戰之罪。身體是親密戰友亦是敵人，體力變差，晚餐後便就沒電，夜晚縮短，時間體力有限，必須有所選擇，疾病讓人將生命全景看得更清楚，了解所謂的輕重緩急。

關節炎與講台

如果他是一棵軟弱的蘆草，就讓他枯萎吧；如果他是一個勇敢的人，就讓他自己打出一條路出來吧。

——司湯達

工作十五年後病發，確診紅斑性狼瘡後仍然回到職場，穿著寬鬆衣褲，隱藏痛楚的肢體與心事，世界如常運行，每人皆有各自必須承擔的責任與痛苦。關節疼痛、手指顫抖不已，無人知曉我的人生已然改變，戴上腳鐐，披覆刺荊，承受再大艱困亦要挺站起來。

那學期新接極具挑戰的畢業班，早上類固醇藥效未出，渾身如被鎖鏈綑綁住，氣鬱、筋脈緊繃，腳踩便疼。上課預備鐘輕快傳響，聽入我耳如奪命連環 call 一般。理工科學生活潑好動，升上三年級更無所畏懼。第一天上課推開教室門，裡頭喧鬧不已，學生見有陌生人進入便以目光相互傳訊，好奇觀望——這是新的國文老師嗎？走了個壯漢，來了個女的，這婦人有何能耐？

發炎的腳筋舉步維艱，講台對我而言如同高原，我奮力上踩，忍住芒刺滿身的劇痛，不動聲色面對全班。

青春期男孩面露疑慮，呆呆壞壞或者等看好戲，我如黔之驢被卸下船，虎豹獅象層層將我環繞住。我簡單開場，目光於他們臉上流轉一圈，無氣力興致做太多自我介紹便開始上課。我請他們翻開課本，操槳便要將舟船向前划動。初始的好奇讓室內突然安靜，然後是輕微的竊竊私語，一入課程他們便無興致，紛紛跳船欲往他們習慣泅泳的淺灘——魔術方塊、手機、隨身電源露出，擺明了要讓我在台上唱獨角戲。

我聞嗅著冷冽不友善氣氛，臉頰卻因緊張泛起辛辣感——不行，我一定要撐住——我在心中自勉，聲音漂浮空中，如細雨滴落，於水面泛起一圈圈淺紋隨即消散，眼光餘暉瞥見台下作怪潮浪正在擴大。我原本抖顫的手這時緊握，腦中浮現那驢子輕踢後腿，獅子、老虎、狐狸逐漸靠近，張咧著嘴將利爪伸出，驀地，我意識裡的警鈴大作，於是用力拍桌怒喝一聲，將那兩個帶頭作亂的學生叫了起來。學生似乎被我嚇到了，所有違禁品瞬間藏匿。課本重新被翻開，授課聲音獲得回應……，頑獸後退，驢子深呼吸，總算捱到下課鐘響，我收拾教材走出教室，步下台階時突然感覺膝關節緊繃，手指又不自主顫抖起來。

一堂課結束還有下一堂，從此與這群「怪獸」無法脫離關係。天天隨著鐘聲於其間進進出出，相安無事或者偶有衝突，罹病身軀面對各種挑戰，讓我緊張卻也因此強大。那回又有兩個學生違規，往常我應會理性勸說，息事寧人，而黔驢教訓一直盤旋腦海，於是未經思索便強硬回應。學生要求我再給他們一次機會，我堅決回以：「給你一次機會、給他一次機會……，那課要怎麼上？」

或許因體內抗體作祟，讓我一改平日溫和作風，學生竟然被我給馴服！迎敵之時全然忘記病痛，黔驢張口如獅吼，威震全場。或許佯裝強硬耗費過多能量，一走回辦公室便癱坐下來，感覺渾身虛脫，心裡卻有種小小的勝利感。

*

習慣上下課節奏，自這方教室行往另一頭，害怕紫外線的我於各大樓走廊間繞轉，從一塊陰影接往另一塊。最怕遇著操場大集合，無法向人明說的弱點只能自行克服。啊！自帽沿望出，感受周遭連綿的青春氣息。學生多半良善可愛，有事，弟子服其勞，上課前助教會來幫忙提拿教具，減輕我的負荷，心底總有莫名感動。往昔目光飛行天上，見不著低處風景，如今匍匐地上，得將之前忽略的生活紋路看得更清楚。

上班是動力，晨間號角吹響，意志撐起怠惰肢體，梳洗更衣，速將一臉疲倦換成抖擻精神。緊綳的腳踏踩階梯，初始劇痛然後習慣，坐上車發動車子，痠疼暫放一邊，有種無病痛的錯覺。停車站起那瞬間最是為難，蹙眉咬緊牙關，忍痛走幾步便得繼續向前。

工作具復健療癒功能，第一、二堂有課雖然辛苦，卻可轉移注意力，助我度過一日病情高峰。身體狀況影響當下心情，習慣疼痛，有時痛稍減緩，整個神清氣爽，身心有說不出的舒暢。啊！行走教室或走廊，突然腳步輕盈，當下便覺得有好事發生！從零或負數往上加，感覺一直在進步。

星期五下午，校園瀰漫即將放假前的輕鬆氣氛。熱舞社在穿堂由領舞者引導眾人擺動身軀，年輕軀體如受熱焦糖，靈魂隨將融成一灘光影。每節課如根堅實木樁，上午接著下午，撐持我白天的生活。上完最後一節課，這忙碌的一週便將畫下句點。

＊

之前顧及環保與運動需要，上下樓從不搭乘電梯，罹病後便無法這樣愜意。舊大樓早先沒有電梯，不良於行的資深老師一遇階梯總皺起眉頭，一手奮力擒起兩根大枴杖，另手攀抓欄杆艱難移動，讓人看了很不忍心。當自己看似完好的雙腳亦困其中，更能體會箇中辛苦。電梯完工後便可於各樓層間輕鬆升降，不必擔心洩露病情。

教師在台上可以成王，亦可能成為俘虜，恩與威，輕鬆嚴肅的拿捏，果然如孟子所言：「教亦多術矣！」每班風氣、上課氣氛盡皆不同，專注光亮的眼神及地雷魔鬼散布各處。先安內再攘外，將體內抗體安頓好，才有好的體能傳道授業解惑。

課表決定上班作息，接連二堂或連三，有時中間相隔好幾節空堂，我腫脹的膝蓋不宜久站也不適合坐太久，必須妥善拿捏與調適。

微笑、神情篤定，踏穩每一步台階，疲累時坐下喝口水，中午墊著小枕頭瞇眼休息一會兒，旁邊偶有學生走動或老師輕聲聊天，現實砂礫衝擊夢境，讓人具有存在感。

同事不解我的病痛，一如我不理解他們的辛酸苦楚，人人被上天發派一手牌，各有短缺與優勢。之前罹癌那老師似乎恢復良好，穿著光鮮身材較之前更曼妙，而那甲狀腺病變的老師也生龍活虎，厄運陰霾已然消散。病痛似張鬼牌，抽到時難免驚慌，生命排場需得重整，好讓牌局繼續。

學海潮起浪來，串連起深淺緣分……，雙足行於各樓層，迎著朝陽送走霞彩，瞇眼、睜開，一屆屆青年學子與我的生命交會，我陪伴他們，他們也陪著我。

左腳與右腳的距離

休息不是偷懶，那是一帖藥。

——史懷哲

左腳與右腳的距離有多遠？右腳發生的狀況多久會輪到左腳？免疫風濕病持續數年，答案便告揭曉！

關節疼痛經常是免疫疾病發出的警訊，骨骼藏匿皮膚底下，無言受到攻擊，軟骨遭破壞，骨點發炎，反覆性疼痛後續造成關節受損變形或者骨頭增生僵直，察覺異狀時往往已成不可逆損傷。

手指如樹枝率性歧出，莫名變異正在發生。手指病變外，腳的狀況亦不遑多讓。不知何時起我右腳大拇趾往第二腳趾日漸偏移，大拇趾骨頭突出，第二腳趾因受擠壓而懸空，造成穿鞋困難，走路失衡，只好遵從醫囑，進開刀房處置。

醫師先將突出的大拇趾骨鋸除以鈦合金包覆住，防止組織再生，另以鋼丁刺入第二趾固定矯正。

＊

猶記得術後有好一段時間不良於行，必須拄拐杖上班。上班前晚，我徹底失眠！不盡然因為難為情，更因想到將遇著旁人的詫異目光、必須反覆訴說事發原因、手術過程、後續治療及影響……，想像一雙雙迎面走來的疑惑眼神，關心、好奇或同情，此般情景對向來低調的我而言將是一大考驗。於是拚命思索如何減低尷尬、繞遠路、閃避可能觸踩到的地雷……，腦子不停盤算預想，夜就這樣流失！

強硬自尊讓人無法輕鬆！倘不要有那引人側目的拐杖，我勢可忍痛健步，佯裝沒事！

清晨以單腳撐挺，梳洗畢穿著衣褲，左腳穿平常鞋襪、右腳套上石膏鞋，厚笨鞋型全然無法穿搭，頓時我似拙劣的 cosplay、亦像裝載失衡的單車騎士。左手拄著枴杖緩慢前進，彷在昭告世人——我是傷患！

上車讓拐杖先再側身緩慢移入，下車一樣拐杖先下，左手施力幫助右足及全身挺站起來。校門就在前方，拐杖連手，朝陽似鎂光燈打亮舞台，引我一步步走向前晚預想的路徑。新來的警衛和我不熟，目光不造成威脅，再往前，遇見幾個行色匆匆的同事，大家都忙著呢，無人留意我的異狀，哈，前晚的擔心顯然多餘，心裡不禁感覺輕鬆與失落。再往前繞路便可搭乘電梯躲進辦公室，左手拄枴杖與右傷腳一起踩出，蠢鞋笨腳具體化我的狼狽！

踩上樓梯，突然忘記默念再三的口訣，啊！上樓時健腳先出，拐杖輔助壞腳接著跟上，下樓相反。拐杖成為第三隻腳，上樓下樓，欄杆異位，左手抓換右手，頓時手忙腳亂——「啊！哪一腳先呢？」

路過同事好心前來幫忙出主意：「應該是左腳先吧——小心！——妳腳怎麼了？」

「手術！」

對方皺眉，願聞其詳的表情寫在臉上。

「還好啦！只是拇趾外翻！」

駐足或陪我走一小段，鐘聲揚起，腳步於迴廊間來來回回，不希望遇見的人陸續出現。

「妳怎麼了？」

「摔倒了喔？」車禍嗎？什麼時候發生的？保守或誇張，神情瞬間轉成嚴肅或強忍著笑……

我擇要敘述，原來的介意全然無法守住，即連平常不曾交談，甚或叫不出名字的同事也來關心。

「拇趾外翻，我也有耶，妳覺得開刀有用嗎？」

「我兩腳都開過了！很痛喔！」

拐杖緩慢行走速度，卻拉近人與人間的距離，現成話題引來討論，原來某人腳也有問題，難怪常見他搭乘電梯，健步鞋內暗藏著隱疾！

原本痛恨的拐杖突然變成船槳，助我於人際流域中前行。

校園多走幾回，被所有人瞧見過便不必再擔心遇到誰！

拐杖是歧出的肢體，表明我需要扶持與禮讓，似森林中的梅花鹿角可以領路，亦像可連綿前進的樹藤。有些疼痛藏在體內或存心中，即便嚴重亦無人知曉，拄著拐杖步步前行，真誠表白，鮮少人會猜疑或傷害不良於行之人。潮浪襲擊，貝殼、樹枝被衝上岸，風暴似已遠離。

笨拙石膏鞋保護傷腳，讓我心平氣和，教我捨棄執著、開放自我！

＊

日子緩慢前進，被整治後的右足部看似完好卻常抽筋，腳平放或抬高皆不舒服，一股發自體內的刺痛感於筋脈間穿行。神出鬼沒的疼痛似會移轉，久而久之甚至凝聚特定位置。漫長的復原期夜裡經常被痛喚醒。平伸、側躺或墊枕頭，傾斜、舉高或垂放……，如陷落深淵斷崖的樹木，阻斷的血肉試圖於扭繞荊棘中接連出生存脈絡，數著日子，跛腳踩著疼痛節奏前行，總算捱到拆封那天！

護理師拿著老虎鉗靠近我，要我深呼吸，說著鉗子便咬住腳趾，猛力抽出，一次不成再一次，終於瞥見那根約莫四五公分的大鋼釘，當下我倒抽了一口氣——血肉之軀如何承受這般強硬迫害，難怪我最近如此難受！

腳如被砍削過的樹幹，斑斑斧痕，拆去縫線仍殘留血跡，腳板持續腫脹瘀青，這是我的腳嗎？

鋼釘抽出，骨子裡仍然疼痛不已，一道道激烈疼痛於體內蔓延，如夏日雷電自雲層密集處劈開，渾身神經跟著轟轟然。腳平伸、提舉都不舒服，筋骨齟齬，相互指責，深藏體內的劇痛無法平撫，吃力移動右腳，遍尋不著舒適點，日子難熬如擱淺船隻，啊！腳丫如破裂船槳，待養護後方能再使用！

疼痛須靠忍耐或想辦法遺忘，銼斷筋骨存留暗黑密語，總於深夜或穩坐沙發之際，筋脈便頑強地抽痛，啊！又來了，漩渦又起，烏雲聚集，欲奮力划行卻動彈不得，深怕一用力筋脈便將斷裂，只能咬緊牙根，等候這波苦難過去⋯⋯

雙足忍痛踏出，心底竟浮起勵志諺語：「苦難是成功的階梯，需要勇敢邁出腳步」、「正視疾病，勇於忍受的人，將變得更堅強、壯大」（希爾泰）

醫師說我可以畢業了，不必再回診！此後可穿著寬鬆布鞋，等候拿掉拐杖，回復正常生活。啊！看著那被剖開復縫合的腳丫子，感覺被抑制的腳拇根與其他趾頭排列一起總不對勁。疼痛移轉，皮肉筋骨相互拉扯，大拇趾側邊的疼逐漸移轉至趾骨。削足適履後，腳總算塞得進以前的鞋子，而另一股疼痛卻自腳底與日俱增，腳裡似埋了顆小炸彈，一踩下便有引爆之虞，只好踮著腳尖或儘量踩腳後跟。肢體未能盡符人意，日日清洗、呵護雙腳，夜晚將之舉高，查看它們是否安好。

＊

無形的痛於體內凝固，只能與之和平共處！

近年注意力多置於右腳。不知何時起，左腳大姆趾側邊骨頭漸地凸出，初始以為是單純的皮肉組織增生，發炎指數降低後將平復，而事與願違，那不被期待的凸起日益明顯。四年前被鋸開的右腳仍留傷疤，有了上回經驗絕不願輕易再試，暗自祈禱厄運平息，而拇趾骨急切外推，凸出之骨彷如遇到了沃土生長快速，一股強烈力道自腳掌側邊挺出，大姆趾如無處伸展的樹根擠向食趾，相互壓迫的腳趾如根浮出。第二趾與中趾逐漸交錯，不在同一平面。眼看歷史就將重演，右腳曾受的苦難將於左腳重演，內心滿是抗拒……

紅斑性狼瘡或許不會立即危及生命，卻不斷生發新的考驗，時聽小行星在體內爆破的聲響。

午後骨科不似往昔那樣喧擾，主治醫師多看兒童，候診室於是多了幾分天真吵雜。對於形同復發的類似狀況，我儘量保持不憂不懼，換了新的醫師，期待能有更好的醫療品質。X光拍攝採全新姿勢，單腳站立，膝蓋著地，腳尖撐住作預備起跑動作。嚴重變形的兩腳如荒野裡的倨傲石岩，不知醫師將如何整治？

夢魘再現，我終須面對，再次進入開刀房。

再上手術檯

從標準藥物的新療程，再到臨床實驗，全都試過，一路上，我旁觀人們痊癒，也目睹人們死亡。

——莉菈・基里《生命中的快樂小事・表現出色的機器人》

行事曆上的開刀日期一天天逼近，心情並無特別起伏。四年前的記憶猶新，如識途老馬般等候住院通知。接完電話提拿行李，帶著上回術後使用的拐杖，與H兩人便赴醫院。

病床成為棲身舢舨，醫師助理前來將手術部位畫上記號，既定命運便向前航。把握行動自如機會至外頭用餐，行於熱鬧街坊，市井塵囂此時酷像天堂。

回到病房，護理師前來為我接上點滴，並於床頭掛出「十二點過後禁食」的標示。

無法進食甚至不能飲水讓人覺得沮喪，小舟隨夜顛搖，不遠處救護車警鈴斷續鳴響。

骨科手術依照危急狀況排定先後並有敬老的潛規則，年紀不夠大，上回自天亮等到傍晚，這次主治醫師秉持兒童優先原則，不年輕的我只能心平氣和等候。滴劑緩慢，生理食鹽水勉強維持低落的血醣，開著電視新聞讓外頭的紛亂分散注意力，除了等待，別無選擇。

近午時分竟就輪到我，護佐前來驗名正身後推動病床，床頭面對著前路，H自另一端輔助，沿途避開障礙，入電梯時顛簸跳動幾下，我如易碎貨品被小心運送。行至手術室前，家屬被留外頭，我繼續著行程。手接手，站過站，幾經轉運，最終抵達手術檯前。

*

工作人員嫻熟將我移位，夾縛血氧、血壓偵測器，貼上心率極片。麻醉醫師讓我屈身向右側躺，並詢問我平日站多或少，藉以評斷麻醉針施打的位置。針刺體內，一股腫脹感向下肢蔓延。醫護人員以酒精試探我的感覺，並要求我將腿抬高，待我逐漸力不從心，身體便被固定住了。

我似待修器械被置高檯，層層遮布擋住視野，耳畔縈繞心跳聲。意識清醒，睜眼不見天花板手術燈。左腳抬高右腳平放，兩手皆被綑綁。尿管應已插入體內，手術何時開始？

身體失去知覺，鬼魅般感受不著實物觸碰。醫療人員輕聲細語，我豎起耳朵仍摸不著手術現狀頭緒。躺臥太久想要翻身，渾身卻動彈不得。身陷無法呼救的劫難，除了心跳及間歇充氣飽脹的脈壓節奏，時間彷彿靜止。

似被囚禁外太空般不知今夕何夕，腳下傳來唧—唧—吱—吱聲，似石刻店傳出的鑿刻聲響。手術進行到了哪裡？外翻姆趾及脫臼的第二趾是否被矯正？大姆趾外的增生組織被切除？自一次次鋸磨聲中不斷修正揣測，時間已過多久？想要活動僵麻身軀卻無自主能力，隨著時間拉長越覺痛苦。強令自己放輕鬆，心跳卻越激烈，明明不冷，牙齒不停打顫。

除了心跳聲，接收不到任何訊息，有時甚至覺得那聲音也停了。恍惚中似聞護理師說隔壁床患者意識太清楚過度緊張，於是替他打了鎮定劑。我也過分清醒，而涉水半途無法中斷或回頭。轉頭撇開氧氣罩，欲想改變現狀，護理師發現隨即替我戴好。時間龜步，工程未完，忍耐已達極限。過了許久，隱約聽見「把它縫起來就好了！」的宣言。

曙光出現，苦難就將結束，聽不見的心跳聲又撲通撲通強勁起來。拆卸大隊再次集合，解綁繩、去貼片，屏障去除，手術燈已然熄滅。醫師前來告知手術順利，穿戴手術衣帽的他顯得格外清瘦，臉上鬍鬚瞬間長出。

舢舨船沿著原路回返，於恢復室停留半晌，迴廊接連電梯，便歸返病房泊停。

*

高峰已過，接上須得小心行走的顛簸路。消炎止痛及抗生素自靜脈注入體內，禁食令解除，口腹慾望得到了救贖，身體卻淪落另種苦難。整修中的船隻疊架各種保護措施，繃帶與石膏層層包裹誇大患部。尿袋連身，無法下床，有尿意卻無法施力，點滴注射太久，前臂腫痛，另種煩悶持續累積。

頻頻調整電動病床，將床頭或下半身抬高，卻找不著舒適位置！我如活著的木乃伊，於38度高溫的大暑日子藏身冰涼洞穴。床單底下鋪著塑膠墊，一翻身便發出嘶沙聲響。入夜醫院清靜，我心卻躁鬱難安，手術引發整個免疫系統大混戰，燙熱雙臂於被子裡外進進出出，遍尋不著舒適的位置。濃夜中不時有救護車警鈴靠近、護理師突然闖入，於昏暗中更換點滴、注入藥劑。夜半然後五點，夜流盡天將亮，渾身只剩疲累！

身心故障，血壓上升，手肘關節腫脹起來，傷腳反而不覺疼，過渡期的風暴我勢必要挺住。閉眼，讓激越風浪慢慢緩和，祈願原來與新加的藥劑能夠相容，發揮平亂功能。

時間龜速，尿管與石膏護具陸續移除，塑膠副木保護傷腳，第二天下午便能自行下床如廁，依靠助行器行走，慢慢走過這段顛簸路。而這磨人歷程是否還有下回？任誰也不敢說！

骨科病房

真算得勇敢的人，是那個最了解人生的幸福和災患，然後仍然勇往直前，擔當起將來會發生事故的人。

——伯利克里

窗外的雲現在如何？此刻的我被困於雙人病房的黃綠簾幕中，手腕圈綁著病號、身體纏連著輸液管。點滴彷如靜止，久久才自時間縫隙擠出微弱一丁點，時間在空轉，我正虛擲著難得的假期！

隔壁床阿嬤旅遊意外傷了髖關節，術後無法彎身，至連如廁亦有困難，只好於床邊解決，一屋子瀰漫異味，詮釋著真實人生。

婦人幾個兒子輪流前來照顧老母親，繁複的人情集中、擴大，各家問題紛呈。我在簾外被迫聽聞一切——家族成員間疏離而密切的關係、彼此嫌惡卻須合作的無奈，話語交鋒，處處地雷，輕易便會濺著汙水。

阿嬤平日積累的憂心忍不住趁此機會表露——兒媳的關係與工作、兄弟向來不合的意見與怨懟，開口盡是敏感話題。久積塵埃一經擾動便掀起滿屋子烏煙瘴氣，讓人跟著氣惱起來。

兒子急切要將醫療知識灌輸給母親——爬樓梯時好腳先行傷腳接後、不可彎蹲、睡臥時兩腿間須夾硬枕、腳勿交叉……，母親健忘糊塗，兒子氣急敗壞，嗓門也跟著大了起來。

被要求前來的孫子逕自滑著手機，父親見狀便就教訓。阿嬤也在一旁幫腔，並提起他體重過重，早該節制飲食的話題……，年輕人被傳統威嚇逼至臨界點，叛逆情緒隨時就將引爆。在場與不在場，偶爾電話鈴響後冒出來的聲音與意識，三代人混戰一起，每樁事，每個動作，皆會引發嚴重事端。

阿嬤接續將轉至另一醫院參加復健計劃，她對那裡的環境有所顧忌，醫護人員再三講解，阿嬤思緒頻頻跳針，讓人不知如何是好！老病尋常，年長者的照護卻處處問題！

幾經周旋，阿嬤總算答應參加計劃，復健後的生活卻仍困難重重。出院時間一直延宕，如何付款、去哪兒推輪椅、雜物怎麼提拿，三代意見又爭論了好幾回。近午時分，阿嬤總算被扶抱上輪椅。我自遮簾下瞧見他們離開的腳步，嘈雜聲響漸地遠去，留下懸而未決的疑慮。

*

好不容易前者離開，下個室友隨即入住，此女安靜且無人陪伴，幾次從我床位前經過，簾幕映出她少女般的纖細身影，待她張口與護理師對話，感覺似乎有些年紀。

並列兩床相距數呎，一簾隔出遙遠距離。房門白天多半敞開，護理師繁忙奔走其間，對面病房有人打噴嚏，隔壁房馬桶沖水或水龍頭流動，相鄰各房便會哽哽傳響。走廊人聲川流不息，偶爾寂靜，隱約聽著同房婦人的啜泣聲。啊，是什麼樣的遭遇讓人單獨入院，將臨手術卻無人陪伴？

住院時間漫長，手術前後俱是等候。一床床患者被推出，閃避走道上各種阻礙，如飛機依序駛往跑道，機身慢行，抓對角度，算準時間加速，飛起，離地進入緲緲雲漢……

婦人腿上被劃記號，明天將體驗我今天的經歷。帷幕上的身影來來回回，幾通電話斷續拼組出她的生活狀況——未婚且與家人感情不睦，面臨手術只好請姐妹輪流前來照顧，含藏沉痾的對話處處讓人嗅著火藥味，血緣緊緊拉扯，手術必需的照顧將怨懟的彼此又拉在一塊。

我隱身遮簾當中，術後的腳傷隱隱作痛，點滴輸入抗生素，傷口隔著多層紗布被冰敷。婦人的遭遇不知怎地佔據我的思緒，忍不住想著她們的生長背景、朝夕相處生出的磨擦、粗糙話語一次次引發的情緒風暴、無法化解的心結……，我好奇甚至有些緊張，不知鄰床姐妹相逢將會發生什麼事？

H稱職扮演好陪病者角色，我幸運得以無憂面對病痛。隔壁又傳來擤鼻涕聲音，我於是也跟著難過起來。

護理師前來通知婦人將赴手術室。無人陪病如何是好？我在心裡憂慮，腦前浮現她憾恨昏迷，獨自面對生命難關，手術室外無人等候她的回返……

婦人妹妹及時出現，簾幕遮擋，我無從瞧見她們相見時的神態，只聽見一兩句話後便就沉默，遮簾這頭亦感受到那尷尬的冷漠。啊，人情罅隙長期流失了溫暖，姐妹深情仍在，嘴上及顏面表情卻無法自然。妹妹幫忙將病床推往手術室，憂心枯坐等候。

住院是人生不得已的情節，身體受困，心情遭箝制，並會牽連擾動親人。而困厄經常也是轉機，不得不的見面與交談，泥淖讓人陷落亦提供機會調整前進腳步。

自病床瞧望身邊的人，不由生出感激之情。尖利巨岩篩去小砂礫，危病時更彰顯出親疏。四個多小時後婦人被推回，冰敷、倒尿袋、遞水買飯……，瑣碎細節讓遮簾外的對話變多，言語交鋒後一陣沉默，過不久又再交談，破冰過程難免又有新的裂痕。

住院如服監，刑期滿了能夠出去總讓人興奮。婦人與我同日出院，H迅速辦妥一切手續，扶我坐上輪椅，我隔著遮簾與婦人道別，相互祝福早日康復。輪椅被推過走道，幾日來的喧嚷沉澱背後。空出的床位將被整理，下午便有病患入住，等著患部被畫上記號、連上點滴、推進手術室……，一如機場不斷有飛機進入跑道、飛起，後面一架再接續……

寫黑板與關節炎

尊重自己的另一條件就是不輕易把自己想成是受害者或「不如人」。

——《慢性病心靈處方箋》

以前我在天上飛，如今卻在地上走。

H或許不懂此話含意，繼續將我的手抓緊，他不知這樣我會痛，心想掙脫又繼續地忍著。數不清近來H幾次駛進這地下停車場，按扭取票，於擁擠中找尋車位，嫻熟身手早已勝過計程車司機，著急漸被磨練成耐性，而我的病情卻無進展！早上起來手腳仍然僵硬，伸展便疼，之前輕易飛起的意志被迫安分，我如傷鳥棲息地上，對著自身連出的陰影，想像曩昔的自在遠颺。

並不是所有東西上了發條便能轉動，莫名故障經常發生！

發炎指數無法下降，晨間起身最難。肌肉無法使力，關節直彎側轉皆疼，進到浴室擠不出牙膏，只得憑靠嘴咬幫忙。費勁草率刷完牙，洗臉更加不容易。左手撐持右手，勉強舉至胸前高度按壓出些許洗面乳，再增氣力才搆得著臉上。指掌合併於顴骨頰邊約略塗抹，水流嘩嘩上潑，浴帽外的髮絲連著前襟濕了一大片，放慢速度再施些力，臉就壁上毛巾以左手拭乾。

兩手成了克難兄弟，哪手情況好些便多出點力，情況好時再調換。我如教練調度著先發與後繼，務讓整體運行順利。開櫥櫃、拿碗盤，之前輕而易舉的日常動作皆成挑戰。獨自擔憂、自勉，偶爾失落或者意外順利……，打不開瓶罐，吃不到花瓜，嘴裡不斷分泌對那脆瓜的渴羨，玻璃瓶拿在手上左右晃搖，刀背於瓶蓋控控敲著，心想放棄卻停不住手，突然聽見啵一聲，聲響細微捷報明顯，轉開瓶蓋，吃起前所未有的甘醇滋味！

「早安，這世界！」

感謝黑夜過後仍有日出，前晚擱淺床上的兩腳還能再站。階梯困難平地輕鬆，開車如乘木筏，雙腳安放舒適，下車起身最痛苦，這關撐住，只要能站起來，越往前行越平順。

學生前來替我提拿教具，我不好多述病痛，心底滿是感激。經脈燒灼不名火焰，身體持續發炎，需得長年滅火。手抓起麥克風，嗓音乘著氣流往外推送，感覺輕盈而無罣礙。教學舞台搭起，學生臉上各種表情於眼前晃動，台上、台下交織各種情節……，瞧那一個個被禁錮的青春靈魂，下課時便要衝出室外，講台是教師的伸展台，強令自己卸下軟弱，扮演傳道授業解惑角色……

啊！故事比人走得更久遠，雷諾瓦、杏林子撐過病痛，留下不朽作品。我幸運生於現代，不必借助燒湯臥灌、承受各種奇特推拿、或者長住病院，接受匪夷所思的醫治。

電視廣告主打「先消炎再止痛！」，發炎指數未退，無形緊箍咒持續發威。十根手指如歧長的青蔥，歪斜向外或內彎，又如埋藏土裡的老薑，敏銳感應泥土的乾濕與溫度。除了變形，手指亦逐漸無法使力，手抓起粉筆於黑板上使勁，筆尖接觸黑板便歪斜掉，橫線傾斜，撇捺氣力無法盡使，一不小心粉筆落地碎裂成兩三截！我心底一驚，拿起另根粉筆緊握向板面使力，寫出的筆畫傾斜綿軟，如將倒塌的壞宅。一個個勉強攀附黑板的字跡隨著粉塵掉落，似無法黏著的油漆、也像未放置好的拼圖，到處翻出空隙。

趕忙抓起板擦湮滅那難看字跡，鼓足氣力深呼吸執筆再寫，強令崩頹字跡堅強起來——提線再拉緊些，白色粉筆寫出內容，一磚一瓦接合緊實，黃筆強調重點，使那回魂字跡尊嚴挺立。墨綠色黑板如青草地，欲飛的羽翼於其間一次次賣力鼓動，僵硬手指似漸鬆展開。

寫至一個段落，刻意走至教室後頭向前瞧望，檢視黑板上的字跡大小、筆力是否剛好、能否清楚整齊。黑板吸引學習目光，每個字皆卯足授業心力。學生不知我抓寫疼痛，無從體會其中包含的意義與成就。

下課鐘響，學子於走廊笑鬧追逐，偶有腿傷仍不在乎，扭傷、摔倒輕易便可恢復，即便拄拐杖坐輪椅亦不驚慌。石膏上寫滿紀念文字，多半是因能夠復原。往昔不經意踩過的路，每步皆關係日後前途，歲月教人沉穩，學習小心踏出每一步。

傍晚散步河邊常遇著一位老先生，瞧他兩手扶握助行器，每向前走一步便喊一聲阿彌陀佛，賣力叫聲常引來詫異目光。聚集路邊聊天的長者，有人屈膝有人斜側著身子，我邊走心中不禁跟著嚷喊：「感謝我還能走！」雙手如槳前划，慶幸它還能擺動。迎面有人慢跑、有人疾行，或者棲停路邊彎腰提腿，整理裝備蓄勢待發。

我站在監考台上

一個覺醒的人，本身就是寧靜，充滿著愛、喜樂、包容……，這個能量場本身就會帶動一切，把周邊的情況和人作一個轉變。

——楊定一《全部的你》

萬象青春，另類視角

踩著預備鐘聲匆匆進入監考班級，熟練發下試題本及答案卡，看各排順暢傳遞卷本，如條效率精良的生產線，憑藉經驗嚴格執行監考任務，展現專業的形象與技能，讓人心生小小的成就感。

發病後未曾離開工作崗位，職場壓力可能是病因，亦讓生活持有重心，日子便這麼一天天過下來，工作具有療癒功能，我可為證。身心一體，存活意義與身體狀況相依撐起生命內涵，人生便是繼續活著，於俯仰坐臥中感受悲喜與充實。逾二十多年的職涯，於摸索中累積經驗，中途因頑疾纏身，致使現實考驗又多一層！病有輕重，症狀外顯或輕微，狼瘡病友礙於病情於職場常遭挫折，我幸運保有原來工作，未覆沒於命運之河。

站在教學第一線，往昔成長經驗加上時代趨勢，身為人師既須樹立威嚴又應親和友善，於變動潮浪中引領學生找對方向，確定自我價值。人師難為，卻可圓融生命關照，將人生看得更清楚。

台下學生振筆疾書或陷苦思，站在台上享有絕佳視野。我喜歡監考，眼前如鏡面映出曾有成長。風吹來，掀動黏貼布告欄上的訊息——榮譽榜、升學資訊、活動剪影……，正午陽光灑落教室頂樓，兩側光線如水流，時而靜止時而潑濺走廊，光影輕緩移行，天空是無雲的灰藍色。

分針與秒針聯合以慢動作切割時間，那頑皮女孩此時坐在後排，無法接連行動電源讓她整個人看起來無精打采，瞧她目光呆滯雙睫無力，考試對她而言無疑是刑罰，冷峻鞭笞她平日的率性。另位女孩前額髮捲才剛拆除，具彈性的髮絲彎繞襯顯她自認的美好。一旁男學生的瀏海如牛角般對應出個性、有的自後頸上推露出拘謹的天青色、有的從裡向外染成灰白或者奼紫嫣紅……，另一頭那女生將臉側趴桌上，考卷裡顯然沒有她的興趣與專長；另個男學生一直抬頭看我，讓人不得不注意他……，時間繼續，一份考卷，一階段的學習狀況正受檢驗。

監考場域屬於特殊時空，平日洋滿人聲的教室此刻安靜，一個個躁動靈魂被制約，眼耳口鼻盡被拘留於桌前。

台下一個蘿蔔一個坑，一個已然或將熟的果實含融著甜與澀。年少的心擁有遠大夢想而能掌握的現實卻極有限，光鮮的外表或許藏著傷痛，無法阻擋父母離異、未能抗議大人世界，只得將直髮弄彎、捲髮燙直，於此般生活細節展現自主。

叛逆與痛苦，各有出路

考場氛圍傳達各種情緒，輕快沉重任人解讀。一邊陽光曝晒，另邊風聲於窗外呼號，我站在台上，目光逡巡各角落，牧羊人角色時而轉換成獵人。已可交卷卻無人動作，心思相互觀望拉扯，人人藏身於自築的碉堡裡面。

監考設計術科常有另種趣味，學生個個嚴肅認真，素描筆以專業角度斜劃過紙面，陰影濃淡各有巧妙。藝術家男孩如魚得水，運筆收放自如，時以指腹熟稔調整墨色，迅速繪出胸中理念；靈氣女孩輕緩移動纖纖手指，筆下蓮花喜樂綻開。教室裡洋滿積極氛圍，每雙手、每對眸子全神貫注於畫紙。

英數理化商概色彩與製圖⋯⋯，各種科目從早上排至下午，考試時間漫長，教室裡呈現令人窒息的寧靜。早春暖陽驅逐寒冷氣息，答案卷裡的空格逐漸被填滿，試場裡只剩幾支筆持續耕耘，花朵微綻或仍緊閉著，周圍只剩去來的風。過了許久，總算有人鼓起勇氣站起來，走廊逐漸擠滿交卷學生，考場內只剩零星的苦行僧。走廊外光影依然，成長巨輪又向前航。

學生如潮浪波波起湧將歲月往前推，教室、講台，粉筆黑板演變成投影布幕⋯⋯，每位學生都是一則生命故事，年輕的他們人生經歷可能比我更精采，亦給予我諸多啟示。講台成了觀景台，我站在台上居高臨下，目光於數十人當中流轉，不必扯開喉嚨、賣力講解，嚴加戒備之餘意識竟也得到一些喘息空間。

為師則強，此刻的我緊抓微顫之手，以意志力克服暈眩，於學生座位間遊走，久站換坐，坐後再站，肢體因此得以伸展，緊繃的關節於是鬆放。

與病協商

誰能以深刻的內容充實每個瞬間，誰就是在無限地延長自己的生命。

——庫爾茨

吞入藥劑如汽水片順沿喉嚨帶來一陣涼沁，緩和讓人痛苦的灼熱感。一場突來且滯留不走的病症增加許多醫學常識，繞了醫院一大圈，才了解胃食道逆流確實會引起胸悶及呼吸急促。

身體如迷宮，猜疑如時起的迷霧，使人看不清眼前與未來去路。孩子看著我關節逐漸變形露出難過神色，相連的血緣牽動憂心，我刻意表現輕鬆，告訴他們這不礙事。

生命總有一波波考驗，憂慮乾旱，雨來又擔心澇災。人的精神有一定存量，有時透支有時積存備用。工作可轉移注意力，至少免於陷溺病情。右腳拇趾外翻手術後拄拐杖上班，學生見我如此便笑成一團，直接反應認為我在假裝，並揚言要和我玩踩腳遊戲。哈！他們的天真嬉鬧化解我原本的尷尬，我於是刻意彎腰駝背，誇大不良於行樣貌，他們因此更興奮，圍繞著我繼續玩笑，苦難頓時變輕鬆。

之前有個女學生明顯也患有免疫系統疾病，年少發病症狀通常較嚴重，瞧她蒼白的臉上一條條青紫色血管顯出，似在發出受難訊息，我雖看懂卻愛莫能助。汪洋世界每個人只是其中的小水滴，偶被波濤推擠一起，旋又各自散去。那女孩經常請假，一段時間回來臉又腫脹些，應是接受了脈衝治療。年輕笑容時受干擾，而她一樣求學、應考，之後離開我守護的中學領域，便不知命運是否善待她，她有否鍛鍊出堅強？

身心時如受潮鹽巴或像發霉木頭，空洞眼神欲想對焦而不能。身體不適負面想法高張，感覺自己離健康越來越遠，如提線木偶般任由人擺布，缺少抵抗氣力。

春後庭前茶花一朵朵崩落剩滿樹青葉，無花時便欣賞葉子，等候青芽吐出，醞釀下一季花苞。命運將人毀傷亦給予人一些治療。早晚量測血壓、心跳，一天天記錄生命軌跡，抓起筆填滿空格，如持握前奔的馬車韁繩，日子因此有了憑藉。

病痛和緩時感覺陽光斜入，明朗前景映現眼前；身體狀況差時，烏雲遮去一切，前後思緒判若兩人！

持續與毀壞中的身體修好，拄著拐杖亦要挺站起來，珍惜日常生活所有細節，告訴自己——只要生活還能自理、順利入睡與醒來便該感激！越過阻礙、忍受一波波衝擊，試著更堅強樂觀，所有狼瘡患者皆在與時間賽跑，等候新藥研發出來。

懷念之前可於陽光下行走，隨意蹲坐草原的日子。而今害上初老憂鬱，也似大磨坊裡的疲累驢子，越來越厭倦這周而復始的磨難。身心難過時便趕緊入睡，多睡一小時便如多吃一顆補劑，經一晚沉潛，清晨魚缸的燈亮起，裡頭的魚又精神了起來。

＊

身負對上下代的責任，平日節儉不敢過度花用，生活於是有許多限制。霜降前後，校慶補假的星期一，台灣欒樹蒴果五彩紛呈，這天與H計畫到市區小巷餐館品嘗無菜單料理。合宜光線將街景烘烤出溫暖色澤，行過街道時我關節竟然不痛，或許因為疫情太久沒上餐廳，用餐時感覺病痛離身，身心空前舒適。啊！我將記住這天的溫度、陽光以及每道菜餚的擺盤與滋味。

滴答雨聲有助睡眠，有時又讓我無法闔眼！信仰不見得能夠驅逐恐懼，更何況我並未尋獲真正的心靈寄託，只能憑藉意識力克制，自勉知足。期待明天有陽光驅走寒意。過去的生活如今想起來竟似一張張模糊照片，或因懷念泛起一層層眷戀顏色。追憶過往咀嚼那無法重返的幸福，心底不自覺泛起微酸。或許最該珍惜的是過尋常的日子、感受簡單、樸素的快樂。

生命考驗為人增添氣質與深度，感受並學著理解、逐漸忽略那流動的不舒適，或許這便是與厄運和平共存的境界。平靜人生時有驚濤駭浪湧動，聰明與愚蠢只隔一線，一切取決於毅力與選擇。罹病或許無奈，蹲伏過程常可見著更多景致。平凡人生不需編排一齣大戲，小小劇場由自己決定要如何演出。

將衣服洗淨、晾掛起來，便可期待它變乾，日子乾爽潔淨地向前。減少爭執與抱怨，日子安靜運轉著……

透過發病空隙可享受無憂心境，自頂樓陽台外望，即便鄰家違建遮住左邊，右方仍可見著蔚藍天空。白雲如鱗片般閃閃發亮，洋滿想像的圖景不斷更迭……，擁擠的地面不妨礙上望，這天，心情視野一派輕鬆。日子前奔、記憶像一幅幅裝禎起來的圖畫。寒流過後，河邊楓香轉成嫣紅，秋冬的靜定氛圍讓人對生命多層珍愛。

病情活躍時陰鬱籠罩，負面與不祥感覺黏貼著我，所有生活細節與病灶變得難以忍受。發炎指數高起，全身都感覺得到，火舌竄達手腕與指間，舉手為難，躺在床上如隻受困蛛網的飛蟲，爬樓梯、如廁更是一大考驗，以手撐扶陳舊的腳踏沖水器吃力站起，如艘無法前進的破船。

病痛讓人釐清生命的輕重緩急，有時熱切有時冷漠無力！

或許發炎體質易受過飽和暑氣促發，夏天總覺得不舒服，只能躲在冷氣房，冬日寒冷，渾身關節更面臨嚴峻考驗。

歲末年初，一波波寒流接連而至，雨和陽光交手，庭前茶花醞釀半年仍未綻放，花瓣裹於花萼當中，等著吐露紅白色彩。缺少陽光的玫瑰也不願開口，即便不開花，綠葉仍然伸展著。

世界看似變動卻循依既定窠臼，往事掠過，明暗思緒如閃電交錯，地磚上留有重複踩過的足跡，寂靜有時讓人心安有時卻覺無奈。

之前移植的白六角茶花主根受損，未有踏實的泥土滋養，終究耗盡最後元氣，盆栽成了樹塚。過幾天，另棵樹苗買來，期待霧露合適，新花取代舊栽展現愉悅。

做家事的幸福

有時我想，要是人們把活著的每一天都看作是生命的最後一天該有多好啊！這就更能顯出生命的價值。

——海倫·凱勒

晨起餐畢，將關鍵藥劑吞進肚子，如向老天註冊一天的生活權利。罹病後讓人更加珍惜生命，對自己也更關心，如何舒服好過便怎麼做。往昔視為生活調劑的散步成為主要運動，只要還能於住家附近閒晃，生命便無大礙。之前令人厭煩的家事，而今變成健康指標，只要還能將整籃髒衣服抬上頂樓，便表示我身體狀況尚未太糟。

上下階梯，每層都是考驗，考驗我的心肺功能、左右膝的彎屈以及支撐力。晾衣時彎身、自洗衣槽將衣褲取出迎空甩開，緊繃筋絡亦跟著伸展。一次再次，陽光招喚，為讓衣裙接收紫外線，腫痛臂膀奮力上舉，舉高再高一些，平常彎縮的手指此刻活動起來。雲在簷外，陽光正移動前來腳步，晨操繼續，夾子張口將襪子一一銜咬架上，衣衫裙褲一字排開，如魚蝦水產排列等候陽光加持，陽台熱鬧，我的手腳經脈因此舒暢。

之前因疲累對家事有說不出的厭倦，發炎中，諸事不宜，關節炎雙腳視樓梯為畏途，行走尚且困難，更別提一手持拿畚斗，另手以掃把揮動，手腳協調地前登、後退。只好任由蛛絲藏身壁縫，於各階層久住，放任米白地磚轉成棕黃。

不願被灰塵淹沒，只好每星期充當一次掃地機器人，推著吸塵器於客廳、臥室走一遭，如於草叢中闢出一條通路，讓基本生活得以繼續。

灰塵歡喜藏匿壁縫，伺機張狂的還有無所不在的黴菌，洗臉槽、浴室地磚上開出一朵朵類似草履蟲的菌種，原始、奇幻，說不上醜陋卻讓人不悅。皂盒邊緣及蓮蓬頭裡外……，灰塵黴菌，還有諸多不知名的敵軍進攻，可惡的黴菌非今日才有，之前因懶置之不理，而後有心無力，那囂張身影於眼前不斷擴大挑釁，逼得我誓要予以反擊。

發炎指數稍降，便起身對之噴灑強力清潔劑，蹲身、用力刷洗，洩憤般進行絕地大反攻，草履蟲顏色淡了些，磚縫黴菌陸續撤退，我心滿意足癱躺床上，感受小小的勝利滋味。孰料此時駐守體內的抗體蠢動起來，與清潔劑的化學成分裡應外合，我的關節又再腫痛，短時間內無法再回擊！

＊

做簡單家事讓生活踏實，身心狀況不好時總覺H該為我多分擔一些，而心思有粗細差異，男女特質本即不同。罹病後H自告奮勇承擔洗碗工作，餐後自動將碗盤收至水槽，堅守先以清潔劑去汙再引水沖洗的SOP，瞧他順逆時針刷洗得煞是賣力，沖水亦極嚴謹徹底，即便覺得過度洗滌太浪費水、洗碗槽周圍濺濕未擦，亦不忍心嫌棄。

腫脹的關節不方便提重物，同行時H總會自動接手我的背包，而日常重物不止於此，裝滿的洗衣籃、過重的炒菜鍋、果汁機玻璃容器……，對我而言都是負擔，H瞧見時伸出援手，看不見時我便只好自立自強。生活有許多邊邊角角，往常多所碰撞，如今相互包容，避免受傷。

不論如何，日子總要往前過，每早打蔬果汁，將各色養生食物混打一起，洗切調水，算準飲用時間，這繁複瑣碎步驟已成固定儀式，日子因此順利運轉。

牛蒡、小黃瓜、芹菜、山藥外加蘋果、鳳梨、芝麻粉……，每種食物皆含善意與祝福，祈求平安健康。

葛蘭・史懷哲：「每一種慢性病的背後，都有一個人試著在這世上為自己找出路。」

凱倫・莎爾曼森：「事實上，我們每個人都有一些毀損。必須學會去愛自己受損的那一部分——對自己和他人都要柔和且能同理。」

感謝此病讓我體會從前忽略的事，學會珍惜與感激。

歡喜飲食

一生沒有宴飲，就像一條長路沒有旅店一樣。

——德漠克利特

不要因為你自己沒有胃口而去責備你的食物。

——泰戈爾

每次填寫醫療實驗問卷，問到是否因病降低食慾，我的回答總是否定。胃口向來不錯，服用類固醇後更明顯，飲食一直是我生活中最主要的期待與慰藉。清晨醒來，想起即將食用喜歡的早餐，疼痛雙腳便有撐起力氣。我的早餐經常重複，或說已有固定模式——現烤全麥吐司佐加希臘優格、葡萄乾和堅果，另外搭配奇異果或木瓜，冬天則以草莓替換，準備早餐的儀式讓人愉悅，並對生命有著正向期待。

《讓日子多點生命》書中描述一位曾在德國漢堡市易北大道的「米其林二星」餐廳名廚烏普雷希·史密特，他捨棄高薪工作，至「燈塔臨終照護醫療中心」為安寧病房患者備餐，以美食寵愛生命即將終了之人，透過用心的飲食打開病患緊閉的心門，為他們帶來難得的歡愉與療癒。人體是需要悉心照料的園地，〈慢療：我在深池醫院與1686位病患的生命對話〉作者維多莉亞·史薇特醫師描述她於舊金山深池醫院的觀察，提出以飲膳休息導引的復原力量遠勝過「對抗疾病」。

吃的喜悅勢可改善病情，至少在還能感覺時讓生命處於絕佳狀況。病了也要享受生活，接受事實並為自己與所患的病做點事，便是進步。

感謝清晨能夠醒來，仍然保有意識，對於飲食、如何過日子仍有主控權！窗台上的非洲堇抽開粉色小花、另一盆也蓄勢待發。孟子所言的清明之氣確實存在，那股良善之氣除讓人興起善念，更讓人對生命懷抱希望。

醫師對紅斑性狼瘡的飲食並無特別規定，苜蓿芽是禁忌，葡萄柚不適合服藥者食用、香蕉不利痠疼、減少油炸、中藥儘量避免……，生活仍可如常，只要作些適度調整。我向來非纖瘦類型，不到一百六十公分的身高，體重總超過五十五公斤。確診後在類固醇威脅下，除發炎嚴重劑量增加（最高劑量一日六顆5mg）難以避免的浮腫，體重多半穩定，甚至比之前更理想。

選對的食物輕鬆吃，固定的飲食習慣讓生活行禮如儀，身心可達到一種平衡。狼瘡是警訊提醒我不可太任性，幾經摸索後反倒能依循更好的生活模式。人總要失去健康後方能醒悟，卻也因此因禍得福。

節制不全然痛苦，有時反更可彰顯出價值。初始喝無糖豆漿覺得乏味沮喪，如自繁華歸返樸素，一陣調適後反可品味出之前忽略的甘醇。感謝類固醇的威脅，讓我放下之前如何也不願捨棄的飲食習慣。香濃糕點、酥脆的甘梅薯條、臭豆腐、葡式蛋塔……，往昔縱情無度，吃到撐飽反而痛苦。狼瘡看似兇惡卻有它良善的用心，將迷失之人拉回正途。

狼瘡引發多種疾病，飲食關係患者的營養與健康，勢必更謹慎。

類固醇促使體內脂肪重新分布、增加食慾造成肥胖，更有骨質疏鬆的疑慮，預防方法為鈣質的補充及增加運動。倘若血脂肪過高，便須限制飲食中高膽固醇食物的攝取，如蛋黃、內臟類、蟹黃、烏魚子、蝦卵等。若有貧血情形，則需補充葉酸、維生素B12、鋅和鐵。

紫外線會誘發狼瘡，感光食物如香菜、芹菜、九層塔、柑橘類等不可多吃。

另外，狼瘡患者經常伴隨有腎炎，蛋白質自尿液中大量流失，造成蛋白尿、血中白蛋白降低、高膽固醇血症、體內水分積留以致水腫的腎臟綜合症狀。

我於二〇二三年春天參加醫療實驗時測出尿液中含有微量尿蛋白，為延緩腎功能惡化，飲食需限制蛋白質的攝取，若有水腫現象需採低鹽飲食，避免醃漬加工及速食品。營養師建議烹調時儘量利用蔥、薑、蒜、番茄、鳳梨、檸檬提味，減少用鹽量。

疾病是上天派予的功課，讓我們省視自我，重新調整腳步。節制是一種醒悟，逼我們踏出遲疑腳步，回歸正途。飲食除了維生、滿足口腹慾望，更含帶珍惜生命的正向意涵。

從在乎口感到重視營養，以重質取代重量，這精良的道理我至今才懂，是紅斑性狼瘡教給我的重要功課，亦為罹病的意外收穫。

每當你選擇疼惜自己，你就選擇了希望，愛和生命。（《慢性病心靈處方箋》）

晨間準備蔬果汁、烤全麥麵包時將週末烤好的地瓜自冷凍庫取出、佐以川燙煮好的秋葵及白水煮蛋，加上現切芭樂及一小顆西洋梨，備妥午餐盒之際亦將退冰的魚清洗乾淨，加酒及薄鹽，以錫箔紙包妥，早午晚餐一起準備，生活簡單豐富。

戴枷鎖的舞者

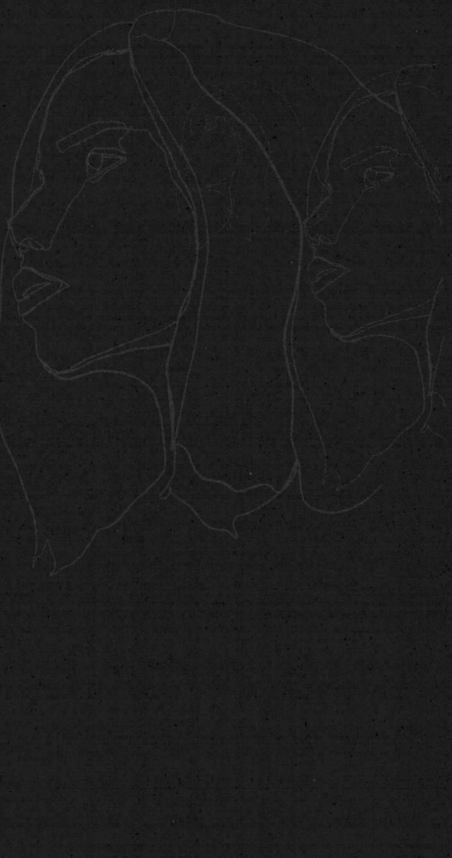

第四章

如影隨形的關照——陪病者的天空

病者需要照護，心理上尤其需要支持與陪伴。
紅斑性狼瘡打亂原來的生活節奏，
其中含藏各種情緒起伏，
一不小心便陷入無法掌控的負面循環，
是命運給予患者與家人的考驗，
夫妻關係需得重整，摸索新的相處模式。

長工的考驗

人要是懼怕痛苦、懼怕種種疾病、懼怕不測的事情、懼怕生命的危險和死亡，他就什麼也不能忍受了。

——盧梭

H向來對我殷勤體貼，研究所同學見他如此忠誠刻苦，便替他取了個綽號叫「長工」。長工任重道遠且無怨悔，婚後H自許為司機、以買菜為職志，主人病了他更得擔待一切。

自我病後，H成為專屬於我的救護車駕駛，他一直認定我是因險些發生車禍而發病，於是除了固定上下班路線，幾乎不讓我開車，彷彿只要讓我駛出他設定的安全範圍，厄運便會重現。溫馨接送情較之前實踐得更徹底，我完全受他保護。

四月穀雨過後總算盼來雲霓，夜裡雨勢傾盆，讓人既喜亦憂。旱澇常隔一線，之前豪雨造成南屯溪溢堤，頂樓陽台排水孔堵塞，雨水如瀑沖進屋內，慘烈記憶牢記心頭。清晨眼看天色昏暗，大雨仍然，便萌生不安之感，通往學校的地下道勢必阻塞，今早將有場奮戰。

H說要載我去學校，我頓時如釋重負，即便內心感激，仍未將喜形於色，更未說出一聲謝。《說不出的故事，最想被聽見》提及人與人間的溝通經常「隔著牆輕敲，也隔著牆傾聽」，尤其我們常會將配偶視為另一個自己，便省略許多話語。以為不必說、以為他已知道、有些對他人理所當然的表達，對配偶卻極為難。請、謝謝、對不起，說不出口，以為對方已懂、該懂便省略溝通，空白與模糊地帶造成猜疑，演成許多情緒上的起伏。我向來吝惜表現溫柔，更無讚美H的習慣，新婚不久便如老夫老妻相處至今。

內斂與笨拙只隔一線，H如木石般樸實堅硬，雖無情趣但卻可靠。有時覺得他說的太少，千迴百轉的心理過程未說出，如省略重要對話的戲劇，讓人無從理解他的深情。

病後心裡常有自編的小劇場——欲想回到從前而不能、憂心造成家人負擔、唯恐

H對我只剩下責任……，非理性妄想生發莫名猜疑，夫妻相處便生疑雲。烏雲凝聚，暗黑精靈活躍，手腳僵硬頭暈目眩時劇場越演越烈，抗體胡亂攻擊，身心面臨慘烈風暴。

＊

年輕時生活過得忙碌粗糙，將老空閒之際卻迎來這場無止境疾病。兩人不曾討論該如何共度接下來的日子，彼此關連似乎更緊密。中年罹病，勢該較年少時沉穩，當中情緒轉換卻有許多牽強！

H不懂我的心理，背對著我以為平安無事。事實上我也不確定自己感覺到什麼，許多不同的事卻有相仿情緒，時而真的哀傷或只是自艾自憐。或許我只是在為自己的失去難過、與負面情緒交戰時覺得氣餒。胡亂悲傷，有時甚至會嫉妒H的健康，羨慕他可以行動自如，挑剔他無可挑剔的付出，讓所有感激、善意蒙上陰影。

夜半盜汗，有時頸部延至背部濕成一片，春後開冷氣入眠，H見我將棉被踢開，會偷偷幫我蓋上，我意識著他的善意，隱忍一會又將腳伸出。

＊

《我坐在琵卓河畔，哭泣》中說：「一個快樂的人，才能為別人創造快樂。」有時會讓自己像竹筏或艘獨木舟休憩水中，任緊繃的身體鬆放，希望縮小船板縫隙，讓船隻更穩固。陽光帶來光彩，照耀正在茁長或將凋零葉片。越親近的人言語砍削情緒碰撞得越頻繁，一句粗糙話語、一個不耐煩表情、或心底習慣生發的詆毀與抱怨，小劇場裡時噴火焰，幸虧H並未察覺，他的粗心讓我的敏銳神經自生自滅，兩人關係得以維繫。

改變只能在當下，人常需修補命運或自己有意、無意間造成的缺失。也許生命中的所有過程皆是練習，生病更是自我調適與成長機會，人從中更懂得一些事。H常引發我的情緒波動，卻也是我在現實世界裡的穩固城堡。有時夜裡心神飛馳無法入眠，他單調的鼾聲如浮木，讓我得以攀附，慢慢趨向平靜。

生命之河頻頻彎轉，光明與黑暗交疊。附近河流潺潺奔流，乾河床逐漸濡濕，枯草又精神了起來。河流、細雨與冷氣聲混合，我於深淺夜氛中穿進穿出，似又回到河畔，拾起一顆顆毬果，想像生命延續、傳遞的路徑。

狄更生於《小氣財神》中提到人應儘量追求沒有損失的生活。什麼是損失？不必要的內耗便是損失。生命進程難免有耗損，若能避免不必要的擔憂及情緒浪費，便是種節省。

確診紅斑性狼瘡後，各項檢驗指數高高低低，病情時好時壞，值得安慰的是目前尚未遭遇大劫難，一味擔心關節變形、心肌炎、日後可能洗腎並無必要。把握快樂時機，充分發揮正能量，便可減少損失。

H花許多時間與精力栽培花木，花開後一朵朵交到我手中，我將之修剪、置放碟子或供養瓶中，一日生活經常如此開場。大岩桐於春季開花，花開後經休養生息又醞釀數個花苞，H將之拿到窗台，將花轉向我看得見的角度，明亮的藍紫色花彩印入眼簾。多刺玫瑰於他手臂、小腿劃劃一道道傷痕，記錄他長期的殷勤付出，良人如此，還有什麼好嫌棄抱怨！

老大與老么的絕妙組合

人世間沒有比互相竭盡全心、互相盡力照料更加快樂的了。

——西塞羅

生病的人需要照護，心理上尤其需要支持與陪伴。這場無法治癒的疾病是命運給予我和H的考驗，老天讓我生病，H便成為陪病之人。

H在家中排行老大，我為老么，共組家庭後他自然成為領導者。H有時粗心，卻也有他一貫的細膩與堅持，他以他的方式保護我，病發後身心俱疲，順理成章對他更依賴，而這依賴讓人覺得幸福卻也帶來莫名悲傷。樹影隨風，心情隨病起起伏伏，有時太心急或者沮喪，氣餒厭煩便轉成埋怨。

陪病者亦有情緒，而病者為大，家中一切以我為主，不想出門兩人便待在家裡、飲食休閒床墊硬軟，全須顧及我的感受與意願……，H任重道遠處處謹慎，既要掌好船舵，注意激流，又需小心避免我暈眩噁心。

對H的好惡常隨病況變異，被照料時心存感激，病情無甚進展，生活無趣，不滿與挑剔便又抬頭。

紅斑性狼瘡如頭怪獸打亂我們原來的生活節奏，甚至於其中埋伏各種尖利陷阱，一不小心便跌入無法掌控的負面循環。低落心情造成不必要期待，H越是小心越觸動我敏銳的神經，善意被解讀成忽略，不解與猜疑於心中畫下許多皺褶。

病重時無法下床，如艘破船擱淺沙洲，H身在距離我不到三五公尺的書桌前，心神專注電腦螢幕，裡頭有醫療相關資訊、門診時間，還有H未談及，我也不曾問起的諸多事情。兩人似近而遠，病魔介入，命運加進許多變數。發炎中的腫脹肢體、各種藥物衍生的副作用，以及隨時因不舒服引發的暗黑思緒……，世界似已改變，不知如何繼續！

風暴持續，漩渦攪動，H耐著性子，承擔我的身心病痛。那年夏天，陽光雨勢全被擋在屋外，我鎮日臥床，感覺頭昏腦脹，天地歪斜。重症之名讓人難以承擔，前人的病程發展及存活數據駭人，H要我不要再看亦無需多想，他會掌握一切。極度疲累讓我乖乖聽話，偶爾問他：「我會好嗎？」

H不假思索回說：「會！」

直覺他在騙人，卻寧願相信他，安心入睡後感覺真的好了些。

H也會老，健康亦可能亮起紅燈，久咳、胃食道逆流，與我的病情相較似乎微不足道，而當病情轉劇，必須動用更多檢查，便讓人憂心。突然間我意識到生病不是我一個人的權利，萬一H也病了，屆時我必須成為照護者，是否能做得像他那樣好？

日子越往前過卻覺得世事自有循環定律，曾經取用的總需償還。生老病痛連向亡故之路，所謂親人便是生命中陪你最久之人。極力想要逃避的終會歸返其中，風塵瀰漫歲月，年輕臉上抹一層灰。

慢性病改變原來生活，促使人調整出新的對應方式。初始不願接受，而不論如何排斥，已發之病不會消失，頑強病原短時間不能被馴服，只能學習平靜理性。早先總想自H多得些安慰，上天虧待我的皆要由他那裡獲得補償，積滿仇怨一股腦向他傾倒，一見面便愁雲慘霧，久而久之，連我也不喜歡這樣的自己，不喜歡這種婚姻狀況。

病發後兩人交談總繞著病情打轉，彷彿除此之外便無其他要事。生病本不是件愉快的事，它讓人脆弱，敏感，病人情緒經常牽動家中氣氛。不知怎的有時明明好好的，見H的態度不是那樣認真誠懇或專注於其它人事，我對病情的描述便會加重。原本只為了撒嬌賭氣，一旦未能獲得滿意回應，渾身便不舒服，明顯感覺發炎指數又高起來。衰老藉病痛來敲門，夫妻關係從此必須調整。磨人的慢性病，連自己都感到厭倦，旁人更無理由與我一同扛負那枷鎖。心情平穩時提醒自己拋開過度期待與測試，給予彼此一些喘息空間，病痛不宜常掛嘴上，更不該強加在旁人身上。

病後我維持早睡早起作息，有時天未亮便醒來，放輕腳步至樓下，天地仍然沉睡，我獨自感受呼吸及自主移動的幸福。生命如常，鄰家婦人又操拿鍋鏟煎煮早餐，蛋香、肉臊氣息瀰漫……

我為簡單的蔬果汁繁複備料，行禮如儀，於H梳洗之際妥善烤好麵包，善盡病妻仍可盡到的職責。H應過他原來的生活，他有權自「病」的氛圍抽離，只要關心還在，必要時得以提供協助，給予安全感，我便該覺得慶幸。

H種花種得更殷勤，玫瑰與茶花為主，專挑我喜愛的品種，馨香耐久，一切盡在不言中。

＊

除了上下班，H堅持所有接送。去來輕鬆，我人在福中，不禁想起若有一天他病了，誰要負責開車？

H直覺應道：「那就叫計程車啊！」

有時嫌惡他太掉以輕心，之後發現他故作鎮定，也許怕我多想，即便心中滿是憂慮仍然不動聲色。H遵醫囑去照胃鏡，他堅持自己前往，獨自面對器械入侵，不願增加我的負擔或不想讓我見著他也會緊張。

陪病與病患，到底哪一個輕鬆？

手術室外的等候、面對檢驗報告判決，陪病者必須沉穩，支撐病患度過難關。看似堅強之人或許只是一時隱忍，撐久了也會疲累。

河邊散步是我和H最主要的休閒，行於路上，有時他等我、我加快腳步，有時走成一前一後，去與來走過寒暖，我珍惜雙腳還能移動的日子。

光陰逐層上推H的髮線，我原本濃密的髮絲遭免疫風暴襲擊，瞬間便被吹颳走大半。陪病也兼伴老、見證記憶，守候年華容顏的老去。

＊

於依賴中全養精神氣力，健康成為我的主要功課，名正言順避開龐雜的人情糾葛，而這看似平靜的避風港無法恆久，命運風暴往往自另一頭襲來，原來的陪病者轉須照顧其他人，我終須自己學會堅強。無人可以專心生病，或全心只照護一人。病人身兼師長、人媳、鄰居及路人甲乙，陪病者也有其他不得推卸的角色，生活網絡相通連，諸多義務與責任迫使人須自愁怨泥淖中抽出。

生老病死的舞台無須專注個人小劇場，發炎指數持續起伏，如水中木樁標記我的生活脈絡。狼瘡果真難纏，與之糾纏近十年，病情仍不見進展，危機四伏，處處險象，大路、小徑，每條皆可能通向懸崖，H陪我行走迷宮，迂迴轉繞仍然回到原點。

新冠疫情侵擾，大潮小浪相牽引，打亂原本的照護秩序。狂亂時局誇大無常現實，生病讓人更珍惜自己與親人，也意識著生命的脆弱。

H的記性越來越差，越提醒他越驚慌，是我的病情加速他的老化？爭論失準，各說各話，質疑或糾正無濟於事，只能適時提醒，一笑置之。暗地成為另種陪病者，陪他蒼老、遺忘，讓他相信一切正常。

從悲觀中走出，篩濾掉不必要粗礫，走出執著，忽略無法鬆開的死結，歲月仍可靜好。自枝頭摘下的白六角茶花置放於水碟仍會繼續綻放，扁平生嫩轉成圓熟，緩慢定格於美的瞬間。H記不起園中玫瑰的名字——香水的喜悅、若望保祿二世……、那天他新摘一朵玫瑰進來，一時想不起它叫什麼。

我記得H說過那叫莫內，此花典雅優美，鵝黃與粉紅融合，莖細葉綠，於陽光正好之時盛開，經H之手送進我的眼眸。

相依靠的肩膀方得挺過艱難，日子能這樣過下去也不錯。

遺忘與記得又如何，陽光跳踉樹梢，庭園枝葉於窗簾組合各種圖案，繁茂、枯萎正在發生。

聞嗅那淡淡馨香向天祈禱，期望身心下滑速度不要超過我們能夠承擔的程度。

醫院即景

醫院，永遠是一個讓人沉思，啟發和重新得力的地方；醫院，可以說是社會的縮影，小小一張病床其實就是人生舞台。

——杏林子《杏林小語》

近午陽光燦爛，H再次載我駛往醫院方向。「急症及重大疾病醫療中心」大字於前方路口出現，路樹與天上雲瞬間失色，我心情也調轉至修行模式！向來忌諱就醫，近年卻受責罰般不得不行。路上人車擁擠，其中又屬救護車最讓人警醒。車駛入地下停車場再自穿廊乘扶梯進到醫院，沿途但見腦神經、免疫風濕、消化系統科……指示牌掠過眼前，一道道閘門打開，重山峻嶺會集萬丈深淵，消毒藥水潔淨劫難舞台，穿廊、診間或手術房外，一幕幕生命故事逕自上演。

對醫院最早的印象是父親住院那時，父親脾氣向來不好，遇著病痛對母親便沒好聲氣。入住醫院與人同居一室，礙於面子欲想喊出的疼只能強忍住，就要吼出的憤怨硬吞下來，如困獸被圈牢籠，爆裂火氣強被壓抑，可謂一大折磨。

院中日夜長，父親閒來便與隔壁床病友聊天，從病痛說起，話起當年，覺得有損顏面的事便輕描淡寫，聆聽對方則能旁觀者清地建言。兩床病榻，兩幅虛實掩映的人生景致！

父親住院時母親盼我能在醫院和她作伴，父親也樂見我在他周圍，於是在父母衰老情節中，我扮演緩衝角色，紓緩父親對母親隨時就要爆發的火氣。

醫院是療病的旅店，如河上沙洲供人暫棲，等候水流合適或等天晴再繼續航行、亦像是身心維修廠，將拋錨損毀零件拆解，去銹板金，更換充電，重新組裝再啟動。我於那些日子深切感受人的脆弱，亦學會陪伴和忍耐。

外頭陽光明媚，住院之人卻只能等候斜陽，天灰濛，陽光匿藏角落，便進入漫長黑夜。

一回陪父親住院，一久病輕生患者自頂樓躍下，正好落在父親病房外的平台，室內一陣騷動，母親驚慌不已，父親自睡夢中驚醒，惶惑問我出了什麼事？我喃喃不好說——而那墜落聲響一直留在耳際，成為沉重的記憶回音。

院中穿廊不見盡頭，助行器支撐困難的腳步、輪椅移動、尿袋跟行，病床出入則有控控大陣仗。牆裡外及走廊四處堆疊病痛，死神藏在暗處，頻遭抵制卻屢屢靠近。醫院既清潔也最髒汙，院外的虛矯大可不必帶來。哭笑浸泡著藥水，擾攘中似聞人喟嘆：「天國在哪裡？」唉！身形孱弱者不見得會先離開！有人緩步有人急衝，乘雲駕鶴或飆車前往，醫院經常是前站。醫院如機場洋滿行旅的歌，消毒水瀰漫前路，登機走道接人前往不同世界。

父親躺臥病床，呻吟夢話屢撞著牆，母親側躺一旁的小床，囁嚅話語隨鼾聲交響，越夜親情越濃烈。現在回想起來，那些在醫院陪病的日子，成為我與父母親最親近的相處時光。

夜沉寂，車流行於窗外，天上則有點點駐留星光。醫院四處穿廊，廊間多藏禁地。一回父親身體又出狀況，緊急被送進手術房。夜半我突然被叫進去那道森嚴門內。長廊越走越遠如在霧中，裡頭藥水味更濃更陰深——父親在哪裡？為何要叫家屬進來？我兩腳越走越無力，心直往下沉，彎轉後竟見父親躺在手術檯上，張嘴銜咬著塑膠管，腹部開口，大小腸及部分臟器被拉出。醫師拿著父親被割下的闌尾，說因延誤診治引發成腹膜炎，需要較長的復原時間。我頓時眼前一片黑，兩腿發軟，不知如何走出來！

*

醫院不容易走出亦勿輕易進入。多年後母親病危那時，我在醫院裡待將近一個月。命運瞬間捲起噬人狂濤，似要將母親帶走，我們拚命哭喊，總算將母親自陰界拉回。母親存活下來，淚水轉笑，而自鬼門關回返的母親已無氣力，崩壞的堤岸沒能再為陸地遮擋風浪。

猶記那時日夜陪侍病榻，兩眼盯著滴劑無聲墜落再生出，眼皮不覺沉重打起了盹，猛然自瞌睡洞裡掙出，驚見母親血液回流了些進輸液管，當下嚇出一身冷汗，那畫面至今仍深刻腦海。

漫漫守候，纏綁母親身上的管線總算移除，滿心期待卻未等到母親康復。小腦切除後的母親失去平衡感，無法坐起更不可能起身，記憶錯亂使她失去安全感，多疑、易怒，臉上神情讓人覺得好陌生，軀體似乎裝錯了靈魂！

母親不記得許多事，我於一旁提示，盼陪將失落的記憶找回來。散落珠鍊一顆顆重新串組，母親經常一臉茫然，雙眸如深邃湖泊，一顆石子投入，層層漣漪向外泛開便告沉寂！

潮流轉向，世界已不似從前！

母親一直癱躺著，我試圖扶她坐起，而我手一放開，她便倒下，罹病之草無法迎風挺站，我心急的手勁不覺強了些。母親痛苦嚷喊：「莫啦，妳莫給我摸（拉）啦！」我只好讓她躺回，看她在床上急喘，我不禁氣餒難過了起來！

窗外車流似近而遠，入窗斜陽已無溫度。

有幾晚趁著房內無人，我爬上床和母親躺在一塊，彷如之前在家那般。床如舟隨波搖晃，兩岸景致一幕幕後翻，事實失真，我不知之前的母親去了哪裡？醫院長廊如沙灘，命運潮浪滌洗著星光。

我終究沒能長侍母親身邊。離開那天母親愣愣看著我，臉上未牽動任何表情。我轉身走向長廊，兩旁病房於眼前清亮旋又轉暗，走出醫院，陽光刺眼，眼眶不覺灼熱起來！

*

父母親常駐天國，不知我在人間與醫院繼續著不解之緣。

長廊延續，兩邊房內填裝各種生命情節，腳步向前，不知後頭風景如何！

生命因病而改觀，平日見不著的人情百態集中醫院。那回婆婆因動膝蓋手術住院，隔壁床病患整夜呻吟，時與家屬意見不和，醫院夜晚寂靜，一丁點聲音都被放大，流進悲傷孔穴造成迴響。病榻前的爭吵徒增難堪，幸虧他們隔天便出院了。暗夜烏雲瞬間消失，隨即換成另朵折翼之雲。另位老婦因至哈爾濱滑雪摔斷腿被送進來，緊急開刀後已無大礙。除了未竟行程、後續出遊必須暫緩，未聞她有任何遺憾。一簾之隔，卻可感覺著她勃勃的生命力，腳傷痊癒後，更高更遠的山路等著她登臨。

另一回，忘了是在哪一科病房，清晨即聞隔壁床父親忙向孩子交代後事——保險櫃密碼、家產如何分配、股票、存款及他私藏外頭的款項……，天色漸亮，我見不著人子表情！

找著診間時已經過號，順延再等，看患者一個個被喊入又陸續走出，嘈雜混著莊嚴，命運之門開開闔闔！一次候診面臨一次人生挑戰，年紀越長與體內器官越多疑猜，痠疼、倦怠、手腳抖顫難以自律……，問題出在哪裡？看板數字停住又繼續往下跳，患者沉默或窸窣談話，一樁樁生命故事環繞——前方婦人說她腳常抽筋如麻繩纏結難解，旁邊老婦兩手交握遮掩變形關節，一張張含愁或開朗的神情相疊，隱隱勾勒我的今昔與未來。

叮一聲診號抖顫著往下翻，掛號太多，如過狹水道消化不了洶湧波濤。等候兩小時，後頭還有上百個病患，漫長等待換來數分鐘診斷，人間荒謬劇於此上演。號碼漸地逼近，心跳不覺加速緊張起來，盼能順利度過此關。

叮，我走進門──「怎麼了？──多久了？──」

持拿驗血單走出診間，手扶梯繼續湧動，一管管血液自體內抽出……

長廊走到盡頭，踩開自動門，走出醫院重新呼吸外頭空氣，陽光有些刺眼，路上車來車往，心思乘雲飛去，何時將被迫跌落，我不敢說！

另類陪病者

人類的愛，希望和恐懼與動物沒有什麼兩樣，他們就像陽光，出於同源，落於同地。

——約翰・默爾

我喜歡動物，家中曾出現過貓狗魚刺蝟及各種鳥類，相伴寵物與我過從最密的是太平洋鸚鵡，初始飼養一對，公鳥名喚綠綠母鳥藍藍，兩鳥關係不甚和諧，強勢的藍藍處處牽制綠綠，兩鳥時生齟齬。相互啄咬後綠綠常被罰站屋外，籠子打開，綠綠欲想飛出，藍藍執意不肯，綠綠也只能陪侍裡頭，一齣讓人似懂非懂的成鳥悲喜劇於眼前上演，讓人莫可奈何。兩鳥即便出了鳥籠經常高踞架上不願飛下來，我只好拿著長杆作勢驅趕，而我一靠近牠們便飛走，我轉身跟隨，牠們又飛，去來數回，我緊繃的肢體於是鬆開。

那時人不解鳥，鳥不懂人，於有限生活空間裡相互觀望，鳥聲啼喚，鳥籠時開時關。藍藍食慾約莫綠綠的兩倍，兇悍霸道不可理喻，以為母鳥便是如此。之後情況越來越嚴重，而當察覺藍藍可能生病前，我的身體開始起紅疹且蔓延快速，奇癢難忍，進出醫院多次仍無法控制。眼看一場來勢洶洶的免疫風暴正在發生，只得做出痛苦決定，將所有可能引發的外來因素全部排除，包括藍藍綠綠！

始料未及的情節竟然發生，送走藍藍綠綠那天，生活突然缺了一角，天上飛的、棲停電纜、樹梢、甚或偶爾經過門前的斑鳩與八哥、白頭翁都須離得遠遠的。歡喜盡去，只剩限制，藍天不屬於我，陽光必須躲避，這身病體還剩下什麼？

激戰數十回合，紅疹終於消退，搔癢利爪收手，發炎指數仍於正常邊線起伏。藍藍綠綠已離開我的生活，缸裡頭健壯與孱弱的大小魚兒一批批進出、玫瑰開落，搶於花瓣噗地委落時將之捧住，將撐不住花蕾的細莖剪短，更換矮瓶，那花便又精神起來，繼續綻放了好幾天。美麗生命可以延長，只要願意多費心！

*

客廳無鳥，環境明顯變潔淨，喜樂音符卻無法揚起。寂寥一陣，事過境遷後回想上回的紅疹似乎與鳥無關，天上飛及中庭頂樓陽台的禽鳥應是無辜的。病況穩定後忍不住向H提出：「我想再養鳥！一隻就好！」

H似有心理準備我會如此要求，或對送走藍藍綠綠的決定早已後悔，一直在等我開口。我的提議與H立即合拍，他淡定神情中隱藏迫不急待的興奮，兩人便一起尋覓新的鳥寶。

迎回Zz那天，初夏陽光正當豔燦，沿途照出明亮視野，稚嫩的Zz在我手捧紙箱中，圓呼呼的眼睛楞楞瞧望著我，腳趾纖細，嘴喙粉紅，啊！是造物主的另一精心傑作。返家後我們忙著幫牠張羅安身之處，已會啄食燕麥的牠不必灌餵牛奶，置身盒中不斷鼓動翅膀，並趁我們未留意時飛出。Zz比我們預期的要活潑成熟，冷不防地，已飛至電視架上，或在天花板下的横木間遊走，只好忙著將牠追回，既怕籠子鐵欄空隙太大，又擔心紙盒圈圍不了牠想飛的本能。

蒼白生活又添彩色，沉寂湖泊泛起喜悅波紋，H提醒我要注意身體，若有不適，千萬不要隱匿病情。

記得上回將藍藍綠綠送走後，曾沮喪地向主治醫師提起這事，一向不苟言笑的他竟回答：「可以把牠養回來！」

Zz是藍藍綠綠的化身，因緣際會如此演變，啊！至少我還有能力喜歡，生活中還有可愛的事物陪伴。

將Zz捧在手心，於西藏蒼涼笛音中以手指輕輕按壓牠頸間的毛管、幫牠梳理羽毛，欣賞匿藏淡綠粉彩下的靛藍羽色。

Zz極其天真頑皮，時而安靜於我身邊打著盹、或者可惡地啃咬破壞，我忙著追逐制止，注意力移轉，幾乎忘了生病的事。

*

太平洋鸚鵡的壽命應有十五年以上，而天有不測風雲，鳥有諸多意外，寵物鳥被馴化，謀生能力及體質減弱，能夠壽終正寢，安養天年的並不多見。Zz活潑好動看似健康，從未想過我那麼快便需面臨可能失去牠的情況。

立夏後天時晴時雨，寒暑轉換不甚順遂，天悶氣鬱，新冠疫情未了加上猴痘、登革熱、A型流感等傳染病，讓人心情無法輕鬆。五月下旬出遊，Zz如往常獨自在家，於籠內修養生息一天。孰知牠隔天便一直昏睡，不吃不喝，彷如沒電般。

小小鳥生病了怎麼辦？Zz到底怎麼了？

搜查網路，諸多訊息大量湧入，其中有人提到寵物鳥有些病不能治，有些則不必治，讓人感覺困惑且悲傷。趕忙查了家口碑良好的動物醫院，備妥外出提籠，這才驚覺我們平日竟然一點心理準備都沒有！

歡樂陪病者自身有病，身為鳥主的我竟然毫無概念！悲觀連結自動串聯，Zz迅速瘦弱、自橫木上跌落、倒地、甚或全身僵硬的畫面浮現眼前……，不行，即便一隻小小鳥也要全力救治，以免留下遺憾，愛需慈悲，共有歡樂必須包含悲憫付出才算完整，不論Zz接續將變如何，我將不離不棄。

屋內蒙上另層陰影，正要將Zz裝進行動提籠，牠突然醒了過來，吱叫兩聲便飛跳到碟子裡積極啃咬核桃，我和H看傻了眼，兩人眉心同時上揚，啊！牠沒事了嗎？早先是怎麼一回事？

行動提籠暫擺一旁，大屋簷與底下的小屋簷裡頭，裝盛無常及平安的祈求……

戴枷鎖的舞者

罹病後病情時好時壞，
即便經驗豐富的醫師亦無法讓我痊癒。
於主治醫師安排下，
於二〇一九及二〇二一年秋天先後參加了二次醫療實驗，
定期至醫院十四樓注射房接受靜脈注射，
治療同時亦見著其他病患的就醫情況，
留下真實的醫療記錄。

第五章

闃黑舞台上的一線亮光

高空注射房紀實

我的身體如小艇，浮遊在不確定之上。前方滿布陰霾，誰知未來幾年，我們的身體和治療選項會產生什麼後果？

——《慢性病心靈處方箋》

秋日午後，陽光自積雲中拉出平緩色塊，心緒似無悲喜，卻又載不動多一點愁。這些年來病情時好時壞，即便經驗豐富的醫師亦無法讓我痊癒。Anti-nDNA 檢驗結果居高不下，發炎指數不正常、關節疼痛無法緩解，奎寧、類固醇，甚至治善錠（化療口服藥）與葉酸膜衣錠，目前能用的重藥俱被開出，各種副作用陸續浮現、累加著。

面對棘手病例，主治醫師適時會安排參加醫療實驗。參加新藥實驗須得通過種種檢核，十六管血液、四管尿液，加上心電圖，繁複的檢驗就為一張療程入場券。

實驗性藥劑無數種，紅斑性狼瘡的肇因複雜，每例個案皆不一樣，藥病媒合，善緣難得，更好的藥劑還在實驗，只能與時間賽跑，繼續等候！

得知又有機會參加實驗，心裡應是欣喜的，短期又有塊浮木可抓，它或許無法領我前往無痛彼岸，卻帶來一線希望，為長期膠著的醫病狀況帶來另種機會。

浩瀚星空中總有屬於自己的一顆星，期望它能帶來慰藉與光明。懷著半信半疑心情加入，一次次於高空注射房臥躺，黏貼點滴輸送管的手背與另手合十，祈願正往健康之路前進。

事先無法得知注射內容，如蒙眼前行，不知前方將遇著高山、流水、抵達平原綠洲抑或歸返原地，甚至跌落另一深淵。

二〇一九年曾參加過一次紅斑性狼瘡醫療實驗，注射第一袋滴劑後我的發炎指數明顯下降，更確切一點說，當那遠到的珍貴藥劑滴入體內，眼前似見一線生機自窗外斜入屋內，白衣天使和善微笑，我平躺的身軀驀地鬆放。拔針站起時感覺神清氣爽，長年疼痛的腳踝異樣輕鬆，輕盈腳步似乎回到病發前甚或年輕時代，陰霾盡掃，猶記那天午後天灰濛，心情卻極開朗。

生物製劑具有神效？許久不曾抱持的復原希望頓時重返……

一月一針，醫療進步讓人驚訝不已，重症可能離身，夢與現實交疊無痕。

滴劑持續，原本服用的類固醇、希樂寶逐漸減量，一條空中走道通往原本可望不可及的對岸。而這神奇捷徑卻也伴隨著意外，先是帶狀疱疹回返、之後更有莫名的過敏迫使實驗暫停。美好願景插入干擾，生命的進展終究不簡單。對與錯不易判斷亦難究責，藥劑緩減卻也模糊了病症，藥有極限，每個人的體質盡皆不同。

解盲前，一切皆不可說！主治醫師查看檢驗報告，一路分析我的病情，臉色隨之陰晴變化，讓人既緊張又感動。

一年療程後，散布全球各地的實驗仍未結束，無從得知那段時間定期注入我體內為何物？也許只是安慰劑，即便是具療效的藥劑，距離上市仍遙遙無期。醫護人員提及曾有實驗解盲後發現多數有效個案，打的竟然都是安慰劑！

病痛與醫療有時像一場玩笑！

兩次醫療實驗皆於入秋後進行，前往醫院的路樹於寒暖中更換不同顏色，酷熱早寒的天候一再考驗我的體能。幾時能重拾歡快心情，無憂欣賞單純的綠意與枯榮，我於心中一再自問。

看別人生病如於高空俯瞰地面，只見輪廓不知其中高低起伏，輪到自己病了則身歷其境，步步探險，所有細節將被放大，小溝渠匯聚成大河、土垤成山丘……，遠到之藥經臨床實驗藥師依我當日體重調好滴劑劑量，包覆於不透明塑膠袋，於滴劑幫浦精確算計下，250ml於三十分鐘內輸入體內。

窗玻璃有灰塵和殘留雨漬，天空陰沉。

標靶治療試圖擊退作亂細胞，減緩病痛，三年前臥躺此地，一度以為將走出久纏疾病，無奈注射停止，病亂便又回返。Anti-nDNA居高不下，發炎指數起起伏伏，終究又回到原點，甚至更陷落些。啊！經歷比上回更嚴格的篩選，終得重返這位於十四樓的高空注射房，究竟打入的是安慰劑或含真藥，只能在心裡猜測祈禱，解盲前無人知曉。

注射前抽血留尿，注射後再抽一管血，所有檢體須於五點前空運送回新加坡實驗室。

*

秋分前開始打第一劑，於此之前心臟明顯不舒服，肋骨亦隱隱作痛，注射後未有好轉，只能等讓時間揭曉一切。H守在床邊，逐漸高禿的額頭對著向晚的窗，不離不棄的陪伴給予病痛者尊嚴。

滴濟幫浦唧唧叫響，架上血漿、藥劑悄然輸入枯瘦的手臂。啊！那聽障婦人獨自前來，護理師拉高嗓門與之對話，本該低調的病況被大聲嚷嚷，屋裡眾人將頭抬起旋又低下。生命各有不同流域，自我這頭望向周旁，有時清朗有時迷茫氤氳讓人睜不開眼睛！

平躺病床，紛亂歇息，等候滴劑滲入體內，期待神蹟或者徒勞一場，不論如何，總要克盡人事！新冠疫情仍處高原期，一天四、五萬人確診、口罩遮去半個臉，空氣中瀰漫懸疑病毒。大環境染疾，疫病紀錄多層背景，天上飛鳥水中游魚，天地間所有生靈皆被侵害！

兩星期一次注射，不明的戰爭持續，不知哪方佔優勢？躺下的身軀如解體房屋，等候修理重建。膠帶黏貼細針，架上滴劑輸進體內，想像功能不全的B細胞被砍伐，也許兵敗如山倒或者頑強抵抗，戰亂時間被拖長，空氣中有著過度潔淨的沉重。

四張病床，四種治療正在進行，刺入皮下的軟針連著管線將我綑綁，明亮光線中有著黑暗想像……

鬆弛的胃袋正發著炎，一早起來已與腸胃奮戰好幾回合。冒冷汗、全身虛弱，清晨總是這樣開場。向來比家人早睡、早起，以便進行繁複的起手式，踩過既定泥濘，歇躺一會兒，希望有氣力起身、穿衣，開始一天的生活。

感覺自己正被埋伏體內的病毒吞噬，醫師帶著團隊，結合全球的醫療研究體系希望能夠突破現狀。就此處境看來，我並不寂寞，如果運氣好，或許病情可獲得改善。

稀釋焦慮，儘量讓自己不要像個病人，和我逐漸毀壞的人生修好。自體免疫力太強，形成另種煩惱，手臂戳滿針孔、殘留的瘀青、遭遇血管抽不出血的驚恐……

杜甫曾於老病之際寫出：「多病所需惟藥物，微軀此外更何求。」的詩句，貼切道出我此刻心境。

密集的醫療實驗加進生活，經常性的填寫假單、調課、去來往赴醫院，留下一次次看似重複、進展不明的生活軌跡。繼續與病並存，說服自己穿透疾病而出，病不等於災難，可能是上天賜予的禮物。

《慢性病心靈處方箋》提及：「把我們生病的事說出來能使整件事完整」、「若將注意力移轉至記錄，或能分散一些痛苦。」建議患者打從心裡去承認自己的病，「對於這正常且無可避免的悲傷唯有在接納它的過程中，我們才能學會與悲傷和解」。

*

不確定日後還有機會參加實驗，於是記下這五十週來的經歷與見聞：

第一劑（9/20）

秋分前回到三年前的場景。懷抱希望、心中卻滿是不確定感，病體如毀壞的舊車引擎發出巨大聲響、車底漏油、車窗無法開啟……，病患能記錄的多是疼痛及種種不舒適。

9/22 心臟不舒服，肋骨疼痛
9/23 左膝緊繃
10/4 心跳急速，早上微燒，頭暈

第二劑（10/4）

變天前，天灰濛，四圍都是確診者（每日將近五萬），疫情進入高原期。滴劑包裹着黑色塑膠套，一次四、五滴接連落入輸管，耳畔唯聞幫浦運作的單調聲響，一場嚴肅遊戲正在進行。期待新藥包含抑止我體內作亂抗體的成分，閉著雙眼，儘量讓自己休息，此刻，我能做的只有放鬆。

10/5 腳較不痛，頭暈
10/7 狀況改善
10/9 關節較不痛，晚上暈眩
10/10 早上頭暈，關節較不痛

10/12 希樂保改成只有晚上服用
10/13、10/14 晚上病況較差
10/16 頭暈，情緒低落
10/17 身心狀況佳
10/18 左外膝蓋略痛

第三劑（10/18）

今天仍然頭暈，腳痛。穿著寬鬆衣褲，據窗邊病床，口罩遮覆表情，留兩眼觀看周圍。

十月中尼莎颱風剛走，強風遠離，天邊雲朵亦遭波及，有的逃離有的沉積，青灰色雲層堆積天際，塵埃墜落或攀附窗外，光影詭譎，青紫灰橙，如龍吐珠也像蜘蛛延伸牠的網絡。

十來坪房裡人流來來去去……，天邊殘留的雲彩及H手中滑動的手機屏幕於他眼鏡中映出鮮明彩色。滴劑持續，計時器鏗鏗控控，我是進階白老鼠，誠懇期待奇蹟與救贖。

服用類固醇後一直擔心臉圓，此時更憂心病容憔悴。有位老人家自行就醫，兒女於電話另一頭嚷嚷著憂心，矮小婦人精神抖擻說道：「病院親像我ㄟ灶腳，有啥好煩惱？」堅強意志讓人佩服。

10/20 低燒，早上流鼻水，咳嗽，頭暈

10/23 感覺疼痛被抑止，頭有些痛

第四劑（11/1）

颱風夜雨清晨放晴，遠山輪廓清晰。身心狀況如天氣般陰晴不定，路樹被滯留風吹得有些傾斜。十四樓注射房外白雲成列，想像雲隙藍天底層有羊兒奔向青草地。婦人或躺或坐，懸吊的血漿一滴滴輸入體內。一老先生安頓好妻子便趕去工作，我床邊的H，前額髮線又高了些。

11/1 晚上手指腫痛

11/3 左腳腫痛更嚴重

11/4、11/5 狀況佳

11/6 右膝腫痛，左腳也痛

11/14 左膝不舒服

生命遭遇環環相扣，人常須同時面對好幾個問題。或許該從不同的角度看世界，以正向思想自我療癒，勿讓怨怒及恐懼堆積成高山，隨時壓迫自己。祈求器官，腺體，骨骼安好，便值得慶祝。

第五劑（11/15）

淡藍天空與白雲組成諧和顏色。四張病床總有空位，供我選擇靠窗或近櫥櫃，躺臥承受不明藥劑及無法預知的成效。一旁婦人側躺，血漿於昏睡中注入體內，弭補因心臟及造血機能的不足。啊！醫院的主角是病患還是醫療人員？白袍鬆垮汙皺或潔淨合身，倉促沉重的腳步交錯。護理師與病患的對話洩漏了部分情節，關於個人體質、複雜病況的權宜處置。醫者也會病痛，如教師亦有迷惑，美麗幹練與落魄，生命總有高低起落。

左膝連續幾天不舒服，我已厭倦記錄。

第六劑（11/29）

因發炎指數上升，且檢驗出尿蛋白，醫師將免疫制劑（睦體康）增為四顆，早晚一顆喜樂保。之前斤斤計較劑量，最終回到原點，甚至又退步了！這是慢性病患者的常態？身心天秤經常傾斜，只求回穩。雖然無法確定，但忍不住質疑大費周章爭取參加的實驗，打到的只是安慰劑！

第三天，疼痛減緩。

第七劑（12/13）

眼睛周圍起紅斑，乾皺。弄不清是生物製劑的副作用還是狼瘡的症狀演變？寒流下週報到，台灣將急凍。

病者有老少、發病分早晚，狼瘡以女性患者居多，男性病症通常較嚴重。讓我不禁為那十八歲男孩憂心了起來。免疫風濕科候診室人潮一波波，我夾雜於人群當中，記寫自己與別人的遭遇。

注射室護理師挽起挑染的黃黑髮式，不斷將針刺入取出，日日於不同血管中鑽進鑽出。

注射成為主要情節，躺臥病床或採坐姿。四張椅子靠牆，患者面向走道，如降臨民間的落難神靈！我打的是安慰劑嗎？太多不可說而須查明的真相要面對。發炎指數又再高起，低燒，暈眩，是病情惡化還是治療過程的必然現象？血管浮出如榕樹的老根，自針管接連的角度望去——窗外藍天不知幾時全為積雲吞沒。

每月看診，感覺主治醫師年紀日漸老邁，讓人不禁憂心！

輪椅與移動的手杖交會，至醫院看病如參與嘉年華會，一個個被病纏身的身影經過眼前，青絲白髮相映，高談闊論或者窸窣低語，一幅幅人間悲喜劇分頭上演。

而今出現免疫風濕科候診室的月亮臉不多，讓人感激醫療進步。

第五天感覺完全不痛，是因兒女即將返台帶來好心情，還是實驗藥劑起了作用？

第八劑（12/27）

注射前幾天，感覺身體較不舒服，是否代表我打的不是安慰劑？

愉悅心情增強我對痛苦的忍受力，陽光照來，之前的晦暗全部開朗。因為兒女將自國外回來，近月來內心滿是期待，讓人整個精神了起來。雙腳跨步跨得更開，之前覺得疲累倦怠的事如今積極主動。

坐著打點滴視野較往常更寬廣，聖誕寒流方歇，冬陽溫暖。自覆有塵埃的玻璃窗望出，林立高樓滿布盆地，這窗景我已瞧望多年，卻不覺熟悉也看不出其中變化。呼呼嚕嚕，塑膠套裡的滴劑袋逐漸扁平，比起周旁的人，我幸運得以速戰速決。

隔壁女孩的點滴滴得緩慢，手邊一本《除了病，我一無所有》，食指於手機上不停滑行。女孩罹患狼瘡腎炎，母親一次次陪伴前來，憂心但卻懷抱著希望。狼瘡肇因複雜，治療方式雖有進步卻未有特效藥，臨床實驗仍在進行，人類智慧與時間還在角力。

對面婦人正向護理師敘述她的腦部萎縮病況，護理師初始耐性卻因其他患者需要照顧不得不離開。漫漫病河中眾人載沉載浮。灰樸的窗台等候一場雨勢，灰藍的天、低矮山丘盡為樓房給遮住。

一人一根立竿一袋藥劑，陪病者低頭傾斜或直立著身子，臉上一張張刻意輕鬆卻帶愁苦的表情。

天空籠罩著烏雲，雖不知施打的藥劑為何，三個月下來，隱約摸索出其中規律：第一天疲累，兩三天後逐漸輕鬆，感覺一種上天賜予的救贖正在發生，也許那頑強的造亂抗體剛巧被馴服，細胞缺陷被補足。

環顧室內床椅，體溫暖和復涼卻，人來往如潮浪被推上岸復離開。年關將至，醫院人潮爆滿，呈現另種喧嘩與熱鬧。

關節時而腫痛時而好些，或許如主治醫師推測，我本有退化性關節炎，與狼瘡不完全相關。人體複雜，病變難料，人力有其極限！

第九劑（1/20）

兒女返美，我高亢的心情恢復平靜，縱有失落也要打起精神，工作及年節的忙碌讓人無暇多想，牙齒痛了起來！

第十劑（2/11）

雨歇止，氣溫轉暖，早春多變的氣候正在演變。因為過年注射間隔拉長了幾天。注射已近半年，病情無太大進展。每二星期至醫院報到，抽血、留尿、量測血壓、體溫……，重複例行公式。

登至高樓注射房僅剩一個空床位，我熟練地躺下，一旁女孩繼續龜速打第二袋血漿，每個身體各有需求與缺憾，登～登～輸液幫浦如單調提琴反覆拉出無聊旋律。

輸液結束至樓下等候看診，自後排座位往前看，各式背心與外套遮蓋不同身軀，朝向診間的患者如群鳥，陸續飛起，有的愣愣守著原位。一婦人亂髮如飛瀑，蒼白髮色自頭頂向四面放射開來。另一位任由粗糙短髮於頂上翻捲，無視眼鏡歪斜，圍巾怪異纏結。多年後，或許我亦將如此灑脫，無心力理會容顏與妝扮。

十幾坪空間擠進四、五輛輪椅，單獨或有人陪伴、年輕或老邁，臉上愁苦與開朗多些少些。我依然相信上天是公平的，不會將好運及厄運賜予同一人。誦讀電子看板上鄰近診間的醫師姓名──亮、哲、皓、傑……，再怎麼平凡的名字加上醫師頭銜，感覺便不一樣，接地氣或者上通天靈，富有執行救人的使命感，醫師在人類社會中一直扮演重要角色。

護理師粉色針織外套加在純白衣褲外頭，如蝶翩飛於繁忙的春天，傳遞含帶苦味的花粉。

注射完，要事又完成一件。

第十一劑（2/25）

寒流來襲，日子於高低溫差波動中前行。窗外灰濛，候診室仍擠滿人。載帽、束髮、羽絨外套、毛背心又被披掛上陣。新冠疫情接近尾聲，其它舊有及新生的病菌持續演變，候診室前一人一機目光直視屏幕。

啊，將疼痛埋諸心底，或以日漸強健的耐力將之消融掉，這裡不是咖啡廳，那戴著灰帽、青色口罩的男人縮藏於注射室角落，年少時的飛颺熱情暫拋身外。點滴架一根根直立，扁平及圓筒瓶罐倒掛著。天花板上縱橫的軌道牽引淡綠色遮簾。今天人不多，兩床及多張椅子空著，護理師難得清閒。

第十二劑（3/7）

實驗進行半年，須作仔細調查，先抽二十幾管血，再填狀況問卷，從1至10形容自己的感覺：

身體是否起紅疹？

是否有水腫情況？

疲倦感覺如何？

是否無法完成日常事務？

是否有因身體狀況放棄原本想做的事？

病情嚴重情形？

平日困擾不已的狀況一旦必須量化反而無法確定，不似一向認為的那樣嚴重，烏雲瞬間散去一些！

注射室人滿為患，代班護理師手忙腳亂。細針刺入皮下血管輕易就破了，戳至第三針才成功，原來我的血管這樣脆弱，浮出的血管加上許多針孔與瘀青，手臂如皴麻畫布，刻寫著生命行跡。窗玻璃更愈髒汙，即便有陽光，街景仍然霧濛濛。一人一管，接連著希望。我已不管注入體內的是什麼，平心靜氣也是療程重點，不見得所有治療都有效，尤其——這只是實驗！

一套套針管與量筒被拆開、用畢旋即丟進垃圾桶……，輸管將滴劑引入我的血管當中，突然意識著這是春日午後，路邊木棉已開或正將綻放。

第十三劑（3/21）

春分過後天轉炎熱，久旱不雨，手指關節及膝蓋時痛時好，上星期打了次世代疫苗，免疫抑制劑停了一週，前兩天感覺身體較不舒服，是因減藥還是因為疫苗，或因狼瘡又再活躍，誰知道？

新冠疫情解封，各種病毒潛伏周圍，我頂著疲弱的抵抗力沉浮其中，一波之後還有另一波，就這樣被歲月推著向前。注射室人變少，四個床位中間拉起遮簾，靠窗位置顯得分外幽靜。隔著塵埃望向窗外，天空似乎特別靠近。

滴劑持續進入體內，上回檢驗報告無特別進展，飄搖小舟前進緩慢，沒有明確目標，不知命運將帶我往向何處？

第十四劑（4/6）

春假過後，醫院人多，床位已滿，我只能坐著注射。護理師指甲於我內手臂來回彈幾下，青綠血管浮出細針刺入，血柱流出塑膠接管連忙接上，不明藥劑又滲進我體內。

躺臥床上的多半是女生，年紀越長看起來越疲累。可燃及不可燃垃圾桶爆滿，醫療能源持續損耗。

第十五劑（4/18）

晴天轉陰，半途遇著路樹修剪造成塞車延誤到院時間。世界相互關連，認識與不認識的皆然。

自躺臥病床角度看周圍，世界成了各種色塊與圖案的組合。護理師水藍色褲裝綴點湛藍碎花領口，亮眼彩色靈活沉寂庭園。灰暗的窗映出室內景象，矩形日光燈及圓形LED燈，照出一室明亮。躺在角落，看護理師如擺渡人護送過往患者。

那削短髮、著緊身牛仔褲的女生脫下外套、開口與護理師講話便看出年歲。她打的針相當複雜，與病魔的糾纏應已久遠。我閒荒無事的目光遊走周遭，空洞雙眼暗中燃點好奇燭火，欲窺探旁人際遇，別人或許亦正猜測我的故事。一道道探測燈各自游走，偶有交會又啪地相互閃避岔開。

第十六劑（5/2）

握拳等候護理師於我前臂拍打幾下，細針尋著血管後上挑待血滲出便可接上輸管，設定定時注射器。

床位已滿，座位僅剩一處。旁邊婦人不耐久坐一直嚷著希望加快速度，待滴劑將盡又急要擺脫連身管線。夏日腳步近了，病情仍無起色。昨天左膝緊繃，手腕亦疼，發炎指數似又高了起來。門診時醫師說我各項指數皆有改善跡象，於是將我的免疫抑制劑（睦體康）減為早晚各2顆。我吞下原本想要述說的不舒服，相信醫師、相信檢驗數據、更要相信命運不至陷我於萬劫不復的悲慘境地。

等讓時間揭曉一切，注射已過三分之二，仍然不知所以。意識知覺連著神經血脈，憂心隨之起起伏伏。滴劑乘著時間融入我的生命之河，河水悠悠將流往何處，透明輸液中到底含融什麼小分子？

第十七劑（5/16）

初夏，一進注射房便見那身形壯碩的婦人，一張脹垮大臉癱在靠牆椅背上，凌亂長髮束起如玩壞的布偶，多層下巴上掛覆的口罩顯得有些小。她一直昏睡，瞇閉雙眼偶爾睜開。另一頭一白髮男翁守在妻的床邊，與我和H對應成類似風景。

第十八劑（5/30）

注射房裡僅剩一個床位，前回昏睡的婦人此時醒著，黑底T恤上印著紅唇狀西瓜切片，被擠在肥厚下巴上的口罩勉強遮覆口鼻。旁邊的婦人身著橘色花衣，鮮麗圖案如彩霞點亮周圍。另一頭靠窗床位一年輕女子閉眼輸液，棕色捲髮男子陪伴一旁，滑會兒手機後趴在床尾跟著睡了。如此青春歲月，感覺他們應該出現在電影院或歡樂校園。

之後陸續前來兩位婦人，一坐下便熟絡聊起彼此病情。我無意竊聽耳朵卻不自主地豎起，其中一個說她兩天服用一顆奎寧，另一位說她只需注射不需服藥，讓人不禁心生羨慕。等待空檔她們興致聊起醫療經歷，抱怨自己的血管如此清晰，注射時卻也曾遇著多次NG、甚至漏針的情形……，如談起光榮事蹟，婦人眉飛色舞，嗓門不覺大了起來。這時方要闔眼的西瓜女不耐煩嚷道：「對不起，有人想要休息，妳們講話可以小聲一點嗎？」兩婦人尷尬住嘴，室內只剩滴劑幫浦重覆著「咦——唔」聲響……

午後陽光映照，對面高樓如背後亮光的浮屠。

注射完至樓下候診。有醫師確診的候診室顯得格外冷清，瑪娃颱風還在路上，世界如常變化，窗外霸王椰子樹沐著陽光，長條羽狀複葉於風中搖擺，超出預期的等候讓時間又變緩慢。

一長髮挑染飄逸、穿著亮綠絲綢襯衫搭寬版刷淡牛仔褲的妙齡女子走進候診室，似陣清新涼風拂過周圍，再怎麼醜惡境地，仍有美好存在……

第十九劑（6/13）

颱風將來未來，暑氣高張。西瓜女今天黑底上堆疊的是鋸齒狀的斜方塊，予人地獄油鍋及刀山的想像。一旁瘦弱婦人的上衣花彩依舊，她張大嘴打了個大呵欠，對西瓜女說：「好想回去睡覺！」

上天安排讓我們此刻須得聚在這裡，室外陽光照出遠近高低的窗戶與陽台，天花板上的燈光映在窗玻璃上，襯著窗外懸浮的雲彩如迷離日光。注射室人多，滴劑計數不同的命運節奏。腎炎女孩今天亦無床位可躺，滴劑結束，按例陪伴前來的父母帶她離開，存活任務又完成一回。

「靜脈注射必須一針見血」，代班護理師的殷勤開朗讓注射室多了些輕鬆，我的滴劑幫浦隨即也吱吱叫了起來，抽針後按壓五分鐘便可離開，讓出空位給等候之人。

第二十劑（6/27）

烏雲墊底，一袋袋透明滴劑懸掛半空，如記憶中夏日用來驅趕蒼蠅的光亮水袋。西瓜女仍穿刀片圖案，右手被輸管纏綁，左手接聽手機，正抱怨來打點滴總要花費一天，讓她覺得很疲累。陪來的女伴一身荷塘綠，臉上泛開深淺波紋。

暑假將至，同事紛紛計劃著出國行程，我深藏將進手術房的心事。滴劑幫浦的設定面板朝向我，因此得將滴劑流程看得更清楚。

難得有男性患者進來，推輪椅的應是他的妻子，他小聲對她說想解尿，婦人未壓低聲說：「那就尿啊！你忘了你有穿紙尿褲嗎？」

銀髮男沉默無語，我不知怎地也感受著他的落寞。陪病需要安靜，有人則習慣吵雜。親情、友情與夫妻關係於此看得最清楚。也有獨自前來，滑著手機，遊戲於屏幕中連結、崩落，無關緊要的輸贏正進行著。

患有狼瘡的母親心臟不舒服，她讀護理的女兒匆匆趕來，對母親輕忽病情既氣惱又擔心。母親故作輕鬆安慰她，女兒將所學的狼瘡知識一股腦說出，兩人憂慮交織一起。

第二十一劑（7/11）

足部手術後第二天又回到醫院，一進注射房便見西瓜女手連著滴劑，感覺每次來幾乎都會遇見她。這回她旁邊坐的是腎炎女孩，往常陪伴她的婦人於對面打著盹。輪班護理師活潑善應對，室內氣氛輕鬆，西瓜女的心情顯得特別好，與護理師有說有笑，甚至央求陪伴婦人（原來是她的母親）到樓下買木瓜牛奶上來給她喝。

婦人出去後西瓜女提到母親很喜歡跟著她，她也擔心母親整天關在家裡，兩眼發直，容易失智。腎炎女孩完成輸液後起身離開，藏青色薄外套搭牛仔褲，更襯顯她皮膚白皙，眉清目秀。西瓜女轉頭與另一邊的輸液婦人聊起天，婦人說她常在公園跳社交舞，並拿出女兒買給她的巧克力與眾人分享。

滴劑緩慢，想像中的歡樂樂音瀰漫，注射房外，烏雲與亮雲相疊，灰雲遠去，天空一片清朗。

第二十二劑（7/25）

拄著拐杖至樓上時，所有床位皆已占滿人，我坐著輸液，自不同角度觀看窗外。西瓜女今天沒來，注射房顯得格外清靜。天空一樣晴朗，杜蘇芮颱風還在路上，正與周邊雲氣協商移動腳步。這些年來病情無甚進展，將來未來的颱風卻經歷多起。

輪班護護師於各床位間忙碌，有的注射費時，患者小聲聽著收音機，有的滑完手機後閉目養神。口罩上的雙眼隔空對望，相互猜疑彼此狀況，每個人背負不同命運承擔的重量也不一樣。

候診室前又擠滿人，密集的座位如飛機經濟艙，不同的是每個人將去之處不一樣。

大暑已過，就等氣溫冷卻，入秋後希望能回紅磚道散步。

第二十三劑（8/8）

早上下床時便覺得右膝蓋緊繃，連著術後的左腳，上下樓及走路將不輕鬆。因骨科必須回診，例行的午後注射改成早上，不同時間點，想必會遇著不同的人。實驗療程倒數，停針後又將回到原來的路。

同樣的診間，不同的醫師集聚不同患者，一如同樣的電腦，輸入的密碼不同便開出不同檔案。同一月台迎送南來北往的列車，候診室前人潮仍多，不同的疾病依序被診斷。生之潮浪將人打至不同堤岸，生活網絡因意外而有新的聯結，之前毫無相關的人卻有共通點。

十點前注射室空蕩蕩，無人床位上黃綠色枕頭對應折疊整齊的棉被，窗外烏雲散去與亮白雲層相疊，方才憂慮的傾盆雨勢並未發生。天空有時擁擠有時空曠，一如人間。

一婦人於牆邊閉目養神，急速下墜的滴劑如細流般經細管匯入她體內。不久陸續有人前來，母親陪女兒或者女兒伴著母親，於老病路上慢行。

中友百貨在不遠處，突然好想去逛街！

第二十四劑（8/22）

雲鬱積，陰晴不定，倒數第二劑，這階段實驗便將終了，此藥能否問世，達到預期效果，還需時間印證。護理師將一袋袋滴劑懸掛架上，透明液體散放曖曖微光。注射房今天好多生面孔，甚至有兩三個男生。西瓜女仍未出現，已多次未遇見她，她的病況是否穩定？不曾交談的病友，於人生十字路匆忙交會，各自奔赴前路，無法得知對方去了哪裡，走了多遠！

一著淺豹紋薄衫的瘦弱婦人說話如蚊鳴，她嘴裡囁嚅，護理師好不容易才搞清楚她詢問針要打多久？對面壯漢於此陰盛陽衰空間裡顯得突兀，他耐性等候滴劑終了，並遵囑咐等候十五分鐘確定無礙才起身跨步離開，回到他平日的生活軌道。

主治醫師白眉延伸至眼角，疏髮遮掩不住頭頂，他查看檢驗指數指著曲線圖說我的發炎指數已趨正常。病情穩定總值得高興，姑且不管手指昨天又再腫脹、眼睛經常泛紅，零星游擊戰還在發生。

護理師對一熟悉的患者說：「妳自己要爭氣一點！」是啊！面對病變，每個人都應該爭氣。

第二十五劑（9/5）

海葵颱風過後回到醫院，只見一群著白袍醫學院學生拉長隊伍自大廳流向手扶梯，為晨間仍算安寧的院區帶來另類景觀，此批涉世不深的青年未來將成醫療生力軍。十四樓注射房尚有一空床提供我最佳視野。躺下不久便聞見助行器引領一孱弱老婦身軀入內，正巧與拄拐杖的老翁碰面，老友如於林蔭相遇，寒暄後便聊起養生的話題、治療的抉擇……，九十與八十八歲的經驗分享，讓人覺得溫馨卻也感慨。

注射完最後一劑，日後病情如何演變?任誰也不敢說!

走出醫院，抬頭只見藍天自雲層露出，對街一雙腳萎縮的女孩自轉著輪椅繼續她的前路。

*

《自體免疫戰爭》（二〇〇八年出版）：「目前國家衛生研究院每年花在自體免疫研究上的經費只有五億九千一百二十萬元，是花在愛滋病（人類免疫缺陷病毒）研究經費三十億美元的六分之一，而受愛滋病毒影響的美國人口不到九十萬，癌症每年的研究經費比自體免疫性疾病的經費高出十倍，但是受癌症影響的人數卻遠不及受自體免疫疾病影響的一半。而這影響將近一百五十萬名美國人（或初估每兩百人就有一人）的疾病，可以從輕緩期，也就是幾乎沒有出現任何慢性病症，瞬間轉為會危及生命的危機。」

免疫疾病隨著文明進展日趨嚴重，醫療積極研發，仍有一大段必須突破超越的路程。過程中有人付出心力、積極努力卻無進展、屢敗屢試逐漸摸索出較可行的前路。艱困漫長路上有人不敵病魔摧殘而離開，而更多人持續奮鬥，為後人健康努力不懈。

天文學家奈爾·德葛拉斯·泰森：「當星星邁向死亡時，有些星星剩餘的物質會四處飛散，那些充滿豐富元素的物質將形成雲氣，橫跨銀河，之後那些雲氣將重新凝聚，成為全新星系的一分子。整個過程充滿詩意——前代的星星讓下一代的星星受益無窮。」（《生命中的快樂小事．放眼大局》）

實驗已至尾聲，解盲之日遙遙無期，即便自始至終注入我體內的只是安慰劑，我仍該慶幸、驕傲自己對紅斑性狼瘡的醫療有些微貢獻！

戴 枷 鎖 的 舞 者

第六章

每個人都是主角——病友群像

紅斑性狼瘡的專屬社團，
除了一九九一年成立的「中華民國思樂醫之友協會」，
網路上還有「紅斑性狼瘡」及
「彩虹之友會——紅斑性狼瘡＆類風濕性關節炎」交流平台，
提供病友流通訊息抒發感情，是重要的支持團體，
於其中可見著眾多患者不同的遭遇和疾病應對方式。

蝶友翩翩

事實上，我們每個人都有一些毀損。必須學會去愛自己受損的那部分——對自己和他人都要柔和且能同理。

——凱倫・莎爾曼森

紅斑性狼瘡被歸類為「重症」並取了駭人聽聞的名稱，「狼瘡」誇大患者的不堪形象，有人因此誤以為它具有傳染力，甚至視為與愛滋同類的免疫性疾病。患者除須忍受疾病之苦並得承受旁人異樣眼光，人生到處踩雷。

疾病屬於個人隱私，非親近者不可言說。平日僅可從誰常乘坐電梯或爬樓梯身姿猜測對方體能，想像他（或她）的筋骨狀況，縱有病痛亦難向旁人訴說，無法流動的死水越積越深越混濁，須得尋求宣洩出口。

加入紅斑性狼瘡社團後得知病友訊息，亦可拋出問題、抒發不安與憂懼。《病人狂想曲》作者安納托·卜若雅比喻重病者的孤獨「如鬼魅纏身的荒寂」，認為「讓別人知道你的感覺，就像以放血方式降低血壓」，分享得以舒緩病情、減低對抗疾病的低落與挫折。將不平PO往平台，幾個點閱、幾聲安慰，服藥與病情輕重對照——類固醇、奎寧、奔麗生、脈衝治療……，腎切、膝蓋積水、腸胃炎、低燒發冷……，社團中人吃類似的藥、受雷同之苦，即便所處境地不同，仍可相互支持，分擔沮喪。

猶記得病發之初我一度封閉自己，重症之名如烏雲籠罩，世界從此天昏地暗。那時位在地下室的書房成為我的匿身處，氣餒、難過逕自堆積，雖有窗卻不見陽光。獨自忍受痛楚、消化難吞苦果，無從想像往後人生，對罹患之病莫可奈何！

想像比實際更黑暗，於電腦搜尋系統打出關鍵字，怵目驚心的訊息一頁頁排出，壽命、存活率、是否會痊癒……，令人既害怕又好奇，瞇閉著眼，駭人訊息侵入眼簾，脆弱心情被擰出一道道青紫傷痕。身處斷崖斜坡，兩手攀抓樹藤，危危顫顫不知何時會墜落！

一則則病情自蝶友群組分享出來，漫漫病程，有人行之久遠、有人才剛涉入、有人不甘青春正盛時落難、有人至老仍與病魔纏鬥，皮膚紅疹、醫藥訊息、多餘藥物分享……，自井底躍出行往寬闊湖泊，觀望前人腳步並為後來者打氣，讓人困惑的多變症狀經與病友印證，原來很多人皆有類似遭遇！

上天賦予人不同重擔，獨自扛負不知輕重，有人分享經驗，如魚游水中，自身看不清的病症可於其他魚身上看清楚。病情時如風暴急轉、時而穩定，與重症者相較，我似乎過得太輕鬆！自服用藥劑為病情排序，他人曾有或正承受的痛苦不久後可能輪到我，我此時情況亦可作為後人借鏡。

沉重病痛需藉意志力來承擔，許多人於底層求生，奮力挺站，炎陽直射畏光臉上，紅疹粗糙浮出。病原活絡，B、T細胞退敗，體內衝動的抗體不聽指揮，自體免疫系統轉守為攻，裡外混戰一團。疾病考驗人的意志，病魔不時出招，諸多病症干擾正常生活，甚至妨礙原來的人生計畫，狼瘡患者或因疾病未入婚姻、或者不敢生育，有人則於人際關係遭受莫名排擠……

無處可逃，生命挑戰不斷，即便鼻青臉腫仍不可退縮，只能挺出正向意志，相信溫暖人情仍然存在。長久壓抑的不平，欲要擺脫而不能的辛酸，於此領地得以發聲。抬頭望向前方樹林，滿樹青葉有的被蟲咬傷或遭病害，於寒暖驟變的異常天候中，欲想全養周全實屬不易。害病葉片不見得先落地，帶些瑕疵或許顯得更真實。虔誠向天許願，祈求上天多賜予一些仁慈，讓人平安。

訊息如水奔流，狼瘡社團PO文夾於一般訊息不斷秀出，提醒我許多人和我一樣深陷苦難，所受之苦或許比我更久遠。深切話語包含無奈，堅強樂觀底層有著無法預知卻不得不面對的凶險。

從個別窗口看向世界，狼瘡群組讓我們得以互相觀望，將頭從自家窗內探出，聽看別人，也讓人知悉自己。不論先來後到，仍可攜手相互打氣，共度這漫長的療傷過程！

*

類風濕關節炎與紅斑性狼瘡相鄰，兩者似處同一水域，只是陷入深淺不同。纏身線纜複雜度不同，紅斑性狼瘡感覺更棘手。有驚慌、困惑無助和沮喪，莫名的腫痛、紅疹、關節變形，甚至引發心肺、腦神經的毀壞。洪流急沖，船身不知何時會解體。掉髮，指甲變得灰黃……，從病友遭遇理解病況可能演變，哪些可以預防、減緩、哪些應該避免嚴重。

那應徵屢次愈挫的男子、受到同事排擠的女孩、因老公粗糙言語暗自掉淚的婦人，我不敢按讚，只能悄悄慶幸自己未遭此困境。有人髖關節受損、有人肩膀毀壞正在醫治，一幕幕真實畫面呈現眼前，新潮舊浪相互牽引，同處苦難的病友得以互相幫助。

清晨、午後靜躺床上、正準備或剛下班之時，敲開狼瘡群組上的訊息，知道有人即便受苦仍然堅強、難過卻不氣餒。世界各地氣候不同，熱浪與寒害，乾旱或洪水……，明白還有人繼續奮鬥，便覺心安。

真實的人生看板

上帝的計畫很神祕，但我們還是要對祂有信心，祂知道祂在做什麼。

——黛博拉・艾勵思《天堂小店》

每個病人都是一個英雄，即使不是對世界或對家庭來說，至少對他本人來說是如此。

——鄧恩

如常滑開手機，狼瘡社團的動態已取代各種吃喝玩樂訊息跳出。

三十年前，全身性紅斑性狼瘡五年存活率僅有百分之五，近年由於診斷及醫療進步，死亡率已大幅降低，病患五年存活率已高達百分之九十八。此外，由於臨床免疫學的發展，診斷較容易，治療也變得更有效。（台灣免疫風濕疾病關懷協會

——SLE）

一直告訴自己醫療進步，再糟的病情也能控制，而紅斑性狼瘡似如恐怖分子，失控狀況時有所聞。自體免疫系統叛變，主要器官淪陷便不樂觀。狼瘡患者同處一條船上，與洪流對抗並和時間競賽。

早年狼瘡患者需服用大量類固醇，人人一張大方臉。這些年醫療有大進展，再撐一會可能會有轉機。可惜有些過度殘破的病體無法再等，病友相約見面吃飯，有時卻變成參加告別式。眼睜睜看著同船者落水，老邁或來不及蒼老的病體撒手，讓人不勝唏噓。

病程如軍階，十年、二十、三十、甚至四十……，住院頻率、已傷器官、是否領有重大傷病卡等皆是資歷。常聞病友以過來人身分語重心長呼喊：「勿拖延就醫，把握每個黃金救援時間！」、「一輩子很短，要好好的愛自己！」、「無論生活多艱難，讓我們一起與蝶共存、一起樂觀看待每件事、一起加油唷！」……

有些病友加入群組很久才敢冒出來向大家打招呼、有些確診多年，期間與死神搏鬥多次，時會因為精神疲累而想放棄……，狼瘡社團讓人感覺有伴，知道自己不是一個人奮鬥。

於此真實的人生看板，狼瘡病友經常反映的問題與遭遇如下：

憂鬱纏身，身心俱疲

久病未癒，每天吃藥打針仍不見好轉，讓人身心飽受折磨，有莫名奇妙的失落感，有人因此厭煩，做出不理性行為，或者必須求助身心科。

A病友常需注射免疫球蛋白，腦前有時會閃過別人的影子，抽過骨髓也阻斷過神經，因有B肝不適合做血漿置換，只能做脈衝或高壓氧治療。長期低燒，腳莫名疼痛、骨盆腔積水發炎、腳痛到抽筋、胸悶到無力……。久病鬱卒很難向人啟齒，雖然大家都認為她樂觀，其實她看了身心科，暗自服用抗憂鬱藥。煎熬歷練韌性也讓人更體驗到生命的珍貴，她於群組上說：「病痛中要笑出來其實蠻難的，但還是喜歡自己的笑容！」

怕熱玫瑰遭遇烈日，無處藏躲只能面對，儘量活出能有的姿態。

與時間賽跑，等候新藥救贖

紅斑性狼瘡的醫治須根據檢驗數據，抗核抗體（ANA）（一種對細胞中細胞核具有特異性的抗體，為全身性紅斑狼瘡的重要診斷依據）、抗雙鏈DNA抗體（與腎炎相關）、補體（一種與免疫作用有關的血中蛋白質，與疾病活性有關，腎炎發作時，補體數值會下降）。其他如簡單的驗尿，血球計數，生化檢查等等，亦對追蹤病情有助益。

驗血、留尿成為看診例行公事，熱騰騰的七、八管血或更多，我最高紀錄一次曾抽將近三十管，抽不出來再抽，手握緊或換另隻手再抽。狼瘡患者多數須長期服藥控制，身體淪為藥罐子，並須忍受各種副作用。群組中常見有人分享每日須服劑量，大顆小顆及膠囊，繽紛色彩如裹糖衣的健素糖。亦有人提出各種異常狀況的詢問：紅疹、暈眩、檢驗數據及醫生的處置……，病友集思廣益，各方意見可做參考。

凡病皆有苦難，有些病會好，治癒後又得過正常生活，而紅斑性狼瘡只能控制不會痊癒，一場永久的攻防不得喊停，只能持續與之拔河，等候醫療進步，新藥問世。

保命或毀容，掉髮及變胖的憂慮

紅斑性狼瘡發病及生化藥物使用皆可能造成掉髮。一撮一撮的髮絲掉落，阻塞排水管，毛毛躁躁全入吸塵器囊袋。有病友抱怨確診後髮量是之前的一半，馬尾直徑從10元硬幣大小變成五元，頭皮隱約露出，讓她整個大崩潰。

另外，長期服用類固醇除有血糖、血壓升高、造成骨質疏鬆、臉、肩膀及四肢浮腫等副作用，也會引發食慾增加，造成肥胖。經常感覺飢餓，急迫進食卻無飽足感，自體免疫叛變，前來平亂的特效藥夾帶毀容因素，讓人腹背受敵，苦不堪言。

其實變胖並非必然，憑著自律、依靠運動、節制澱粉及醣類飲食，體重仍可控制。

發炎指數與類固醇跳著探戈，平常斤斤計較著劑量，多半顆、減一顆，當下便覺得呼吸及腳步輕重有差異。一旦病情轉劇，攸關生命，有效治療最重要，體態、臉及身形皆是枝微末節。多少病友屢次住院，血漿置換、脈衝、腎切、打莫須瘤，肚子變大，原本清秀的容顏變成大餅臉，面對鏡子常質疑那是自己嗎？

無法生育、憂心遺傳

紅斑性狼瘡好發於生育年齡的女性，造成懷孕過程伴有一些併發症，尤其當病人有狼瘡性腎炎、高血壓或疾病活動度高時更易發生。此外，狼瘡病友若具有某些特殊抗體，可能對胎兒造成傷害，如抗磷脂抗體可能造成流產；抗 Ro 和抗 La 抗體則可能穿過胎盤，造成胎兒心臟傳導阻斷或引起新生兒皮膚病變；抗 DNA 抗體可能增加流產機會。（參考顏正賢教授《高醫醫訊月刊第二十九卷第十二期》）

有些患者更因病情摘除了子宮卵巢，無法生育，造成遺憾。

B婚後才出現狼瘡，先生是獨生子，她有傳宗接代的壓力，卻擔心會遺傳給孩子，她在群組發文，立刻得到許多回應：

有人以自身為例，說她育有三子，全部健健康康。提醒只要按照醫囑，沒多大問題。

有人提供客觀考量點：「要看病患本身是先天？還是後天？雙方家族有沒有相關免疫疾病的遺傳病史為優先考量！如果雙方都沒有，胎兒多半不會得到這個疾病！」

「生女娃，得紅斑性狼瘡機率比生男娃高！女性容易得紅斑性狼瘡是因為賀爾蒙、情緒壓力、氣候變遷！」

「懷孕期間，大人需積極配合免疫風濕科，胎兒就配合婦產科！母體跟胎兒是兩碼事，無須相提並論！其他就沒什麼太大狀況了！記得保持愉悅的心情！」

家人無法體諒，身心疲憊

與蝶共舞，仍需活在現實當中，除了經濟條件有寬窘，周旁人的態度也有極大差異。C罹病十三年，一向勉勵自己扮演好媳婦、妻子、母親角色，並在經濟上為家庭扛負起責任。她儘量保持好心情，努力克服情緒低潮，一直以為可用自己的方式戰勝憂鬱，而現實干擾繁重，家族人情、利益衝突、婆媳間敏銳的言語交鋒，在在讓她身心受創。

紅斑性狼瘡是個人命運，於人際關係中無法成為免戰金牌，厭戰、無法再戰，敵軍仍然環伺。C無力與人爭權奪利，便只好放手，與現實、他人和自己妥協，來不及撫平的情緒徒留皺褶，只能於群組上宣洩情緒。

於群族發聲多可獲得回應，同病者感同身受，不吝分享窘迫，原來世道人心艱難，受苦的不只自己！

職場遭遇霸凌，勉強求生存

罹患紅斑性狼瘡這類重大疾病除了加入健康保險有困難，於職場亦可能遭遇各種限制。有病友想報名國家考試，卻因體檢「體格標準檢查表」最後附加的「罹患其他無法治癒之重症疾患，致不堪勝任職務」項目而憂心，擔心如實列出，便將失去競爭機會。

狼瘡患者容易疲倦，即便未演變成重症，畏光、暈眩及諸多治療引發的副作用如手部關節彎曲影響手工操作、關節疼痛、體型腫脹等，往往造成就業阻礙。無法勝任全職工作兼職又無法維生，狼瘡不挑人挑時機，無生病條件的人偏與病魔狹路相逢。

經常有病友被資遣或應徵工作時遭拒絕，落難病體於是雪上加霜，只能於群組中發出哀號，多能獲得溫馨回應：

「你不孤單！我也剛被資遣……轉個心態，就先讓自己休息吧！」

「工作再找就好，不論處於什麼樣的困境，總要讓自己繼續呼吸，穩下腳步才有前進機會。」

即便有健保，頻繁的就診甚至自費治療（如打莫須瘤每半年須施打一次，一次花費近十萬），因病無法工作，卻也因病必須掙錢就醫，無法平衡的人生一路顛簸。

D又換新工作，中午騎腳踏餐車賣餐盒，醫生說她不能晒太陽，而她需要養活自己，只能儘量做好防晒。她於是買了運動型防晒連帽厚外套，裡面穿運動內衣吸汗，褲子則穿中強度固定褲。工作太累常瘀青受傷，加上血小板低下症，她必須更妥善的照顧自己。防晒、保養、帶防滑手套，她說生病：「非我願意，我也不抱怨」，建議病友應徵工作時一定要告知身體狀況。

此外，病友常因外型、病情或體能在職場上不受歡迎甚至遭受欺凌。有病友明明找可勝任的職缺，面試也確認公司的制度適合，未料進去後全然不是那回事。因體力無法負荷公司要求的加班時數一直被同事刁難，甚至被面試進去的上司言語霸凌，終因受不了而離職。也有病友無法承擔工作卻不能離職，身心備受煎熬。

旁人無法理解的痛苦，向著狼瘡社團發聲，往往得到許多善意建言，大家集思廣益，有人建議他學技術、自己開工作室或透過網路在家工作……

壓力超載，工作困難

狼瘡患者不得承受太大壓力，而職場總需擔負責任，如何調適、作必要取捨便是考驗。

E最近剛上班（坐辦公室），初期要學東西，而學習讓她覺得有壓力，她於群組上PO文，遲疑是否狼瘡患者只有當作業員的命？

「有沒有比較單純又沒壓力的工作呢？」

有人回應：「不要一直覺得自己有SLE，跟平常人一樣過正常生活就可以了。」

「我十九歲患病二十七年工作二十三年了。」

「我在洗腎了也跟一般人做一樣的工作。」

「我在加油站上班還要洗車。」

「我也是做高壓的工作。每次壓力大時，就會思考對自己而言，什麼是重要的事，若覺得健康比工作重要，便試著將自己給的壓力排除；若是外界給的壓力，便設立界線說不。」

「不適合的工作換掉再找就好。工作挑選以自己的健康為準則。慢慢對壓力的對應就能找到一個平衡方式。」

「人生一定會有壓力的難以避免，我試著調整面對的態度。」

「我蠻喜歡工作的，讓自己覺得不像病人，有自我成就感。」

「把自己當正常人，任何人都會有工作壓力，就看你要不要克服，我每天都要吃止痛藥物，呼吸也會痛，除了醫生跟親近家人，其他的人都不知道。我自己儘量讓自己健康，想到上班可以賺錢，可以買自己喜歡的東西，可以跟同事、客戶聊天……，便會打起精神。」

「得SLE後我轉念很多，我讓自己覺得是重生的機會。」

「不只是SLE，同事罹癌也是一樣在工作。大家都是一樣的。」

病情萬變，訊息相互流通

狼瘡病情千變萬化，每個人的狀況都不一樣，經由群組大家可以互相交流學習，別的蝶友的例子套用在自己身上不一定適用，每種藥物在不同人身上反應也不一樣。藉由訊息流通有助了解其他人的遭遇、應對及醫生的治療方式。

F先是乾燥症發病，之後經免疫指數檢查確診紅斑性狼瘡，醫生一開始開兩顆必賴克婁，在無器官破壞穩定控制下減成一顆，為減少日晒與必賴克婁黑色素沈澱的副作用，改為晚上睡前服用，剛改第一週時覺得下班時的疲憊感變重，第二週下班前開始關節疼痛、頭痛、全身無力的感覺襲捲而來，每天需多吞一顆止痛藥，之後將服藥習慣改回來狀況便就恢復。細微改變卻解決了困擾，值得眾人參考。

F的主治醫師一直提醒她：「紅斑性狼瘡發展可以很緩慢但也可能很猛爆，要隨時傾聽自己身體的聲音，若有狀況要趕快回診請醫生判斷。」

紅斑性狼瘡是宿命？洗腎的擔憂

狼瘡腎炎是紅斑性狼瘡患者的大敵，30～50％狼瘡患者會在病發的頭六個月至三年內患上腎臟疾病，也稱為狼瘡腎炎。有人一確診便有狼瘡腎炎必須洗腎，有人撐了數年，終究無法逃過這劫難。當肌酐酸高達14，併發肺積水只好開始透析（洗腎）。

G終於完成腹膜透析手術，她說：「這一天終究到來！開心的是我不用再忍受低蛋白飲食，可享受高蛋白好好長肉，之前確診腎炎飆升加上腹瀉，體脂肪都快耗盡。

這禮拜三回診發現腎指數過高，就在鼠蹊部先做了臨時血透管，血透完身體的確舒服許多。因採腹腔鏡手術，所以傷口除非大力動到否則不太痛，比較傷腦筋的是，灌水進去時，一直難以適應，但知道這是未來必走的路，只能勉勵自己繼續加油。」

有人回應：「我也是狼瘡腎炎，緊急血液透析後目前身體真的輕鬆很多，之後我想選擇腹膜透析，但對未來還是覺得很徬徨。」

「趁還有殘餘功能趕快做透析，我之前就是硬撐，沒食慾一直吐，確診後開始透析，反而舒服，血壓也降下來了。」

實際情形只有過來人最清楚！

被迫成為醫院常客，感覺無奈沮喪

相較於癌症容易與死亡有直接聯想，紅斑性狼瘡的衝擊感似乎沒有那樣強烈，而狼瘡難纏，對身心的凌遲較癌症有過之無不及。

狼瘡病症千變萬化並帶來許多附加毛病，患者因長期服用類固醇，容易感染、情緒波動、肌肉韌帶特別脆弱……，常於醫院各科遊走，除了免疫風濕科，可能還須看心臟、皮膚、身心、腸胃、骨科、腦神經、復健甚或中醫等。看病成為生活主要情節，也是群組分享討論的主要內容。

有人覺得健保卡快刷爆、有人覺得整天吃藥、抽血，感覺隨時有厄運會降臨……

疼惜自己，壯大意志力

台灣每十萬人約有九十七點五人罹患全身性紅斑性狼瘡，根據衛福部二〇二三年七月統計，全台領有重大傷病卡的全身性紅斑性狼瘡患者約有兩萬五千四百人，特別好發於二十到四十九歲年輕女性，男性、老人及孩童亦可能得病。

不幸被厄運挑中，身心飽受折磨。受難靈魂應得慰藉，至少應對自己好一點。

I開始工作時省吃儉用，衣服鞋子吃絕不超過五百元，得病後因會過敏須買材質好的衣褲、腳腫大須換好鞋、又因沒辦法彎腰剪腳指甲、頭髮禿圓須上美容院……，開銷雖多，卻可讓自己舒服愉快些。之前每年只可出去玩一次，如今儘量每二月便出遊放鬆。紅斑性狼瘡讓她意識著生活不該只對別人付出，應多愛自己一些。

五月十日是「世界狼瘡日」（WORLD LUPUS DAY），這天對病友而言為特別紀念日，社團上有許多人發文抒發感觸：

「上天關上一道門，必會為你開出一扇窗，有時一條看似幽微的通道，必須耐性直入，才知它通向何處。紅斑性狼瘡如魔術師也像千面女郎，攻擊腎臟就需洗腎、侵犯肺臟可能導致肺栓塞、攻擊腦部就會失憶失語甚至影響智力、攻擊眼睛導致失明、最普遍的是傷害關節。一連串的病變等在後頭，讓人只能樂觀！」

「為什麼是我？為什麼會生這個病？」

身為醫療人員的J長期與狼瘡患者相處，當病患母親焦急地問她：「孩子三歲就得紅斑性狼瘡，該怎麼配合醫生治療？該怎麼照顧小小年紀就生病孩子的心理、該怎麼跟孩子說要他記得防晒不能晒太陽、該如何吃東西才不會讓病情惡化……」。J覺得辛酸卻愛莫能助，尤其聽到孩子的母親說：「好想代替自己孩子挨那些針、吃那些藥……」，更讓人心疼。

沉重紀念日記錄著斑斑血淚，不會痊癒的重症、陰霾籠罩的未來，只能壯大勇氣，以命運之火淬煉出剛強，讓意志力療癒自己與家人。

來自受難幽谷的回應

一切痛苦能夠毀滅人，然而受苦的人也能把痛苦消滅！

——拜倫

對於這正常且無可避免的悲傷唯有在接納它的過程中，我們才能學會與悲傷和解。

——《慢性病心靈處方箋》

私訊多位病友，請教以：發病經過、控制狀況、最難忘的經驗、最感動的事、最難克服的部分、最感謝的人、最不平的事、如何調整心態，面對此病、支持自己繼續往下走的信念、紅斑性狼瘡教會我的事、其它想要分享的心得，獲得多位病友回覆：

K：早期發病，幸與不幸交集

我於一九九四年發病，一開始是媽媽藥局的朋友替我把脈說我的腎不好，之後身體狀況就開始變差，變得很虛弱，容易覺得疲倦，當時只認為是腎不好造成的。

高中新生訓練第一天，走出校門就開始嘔吐，被送到高雄榮總急診，抽血檢驗。之後情況愈來愈糟，回到家就需先躺著休息二小時才有體力。有一天突然流鼻血一個多小時未止，至高雄國軍總醫院耳鼻喉科，醫生用很長的棉條強力止血。隔天在高中做的健康檢查報告出爐，同學拿報告給我，說我滿江紅，我的蛋白尿4+，血紅素很低，完全不知道發生什麼事。

爸媽帶我去榮總的血液腫瘤科掛號，想看貧血的問題，被血腫科退掛，又改去看腎臟科。腎臟科醫生說可能是腎絲球的功能異常。就在我們打算要繼續看腎臟科時，高雄榮總來電告知我確診「全身性紅斑狼瘡」。

我一發病就是第四型的狼瘡腎炎，醫生說我的腎外表看起來好好的，裡面卻嚴重發炎。第一次住院主要做腎臟穿刺，確定腎臟發炎程度。出院後一星期回診，醫生排定讓我打 Endoxan 跟吃環孢靈，一天吃兩顆 20mg 的類固醇，先緊急控制發炎的情況，所幸三個月後，我的病情控制下來，所有數值幾乎回復正常。

此後一直控制良好，上了大一，因沒有每月定期回診，碰上失戀讓腎炎復發，住院打三天高劑量類固醇脈衝才讓病情穩住。此後便乖乖的每月回診，維持一天兩顆5mg類固醇一直到現在，期間雖因念研究所病情有點小波動，整體而言是穩定的。目前一天7.5mg類固醇，加一顆奎寧跟移護寧。

難忘的經驗都是在研究生的時候。第一個是在研究所宿舍抽籤，全部的女生只有約十位沒有床位，我居然抽到籤王，還記得大家很開心地回頭看我。我就拿診斷書去跟學校住宿組申請保證有床位的殘障宿舍，一住就是八年。另外是我的期刊論文被接受發表後，C3突然升了20，這是生病以來未曾發生過的事。

我在二〇〇七年因乳房疼痛看乳房外科，當時醫師觸診後讓我照了超音波，又照乳房攝影，因為發現鈣化點，最後做乳房定位進行病理切片，等待切片結果非常煎熬，所幸是良性，且是全台首例的狼瘡乳腺炎，全世界的相關文獻也很少見，主治醫師至今還對這件事印象深刻。

罹病期間最讓我感動的是老公很支持我，不願意我的病情有任何波動，所以他為我頂住非常多來自公婆的壓力，並讓我安心在家不做全職工作，也不用生養小孩冒復發的風險。

至於最難克服的部分是要看很多病，除了免疫風濕科的固定門診外，還要看眼科預防類固醇的副作用，此外還須擔心軟組織脆弱以及骨質疏鬆症的問題。我有看不完的中醫及復健科，同時也須至皮膚科處理感染的問題、身心科處理情緒，狼瘡就算控制好，還有許多周邊衍生出來的問題，讓人疲乏痛苦。

最不平的是旁人會用一般人的標準看我，要求我體力或環境上不能負荷的事情；也不平旁人把我當作狼瘡的病人看待，看其它科醫師時，不管發生什麼事，病因都推給紅斑性狼瘡。

罹病最重要的心態是要能接受自己，放下很多想要做的事，因為不管工作帶來的成就感再高，病情一活化就要全部歸零，能在病情可控的情況做想要做的事才是最大公約數。

紅斑性狼瘡讓我看到一般人不常見到的面向，碰到很多人事物，有時看到其他病友更不好的遭遇，會覺得自己已經很好了。它讓我有理由做比較輕鬆的工作，也可從事自己喜歡做的事，扣掉看醫生的麻煩，這一點的確有為我帶來好處。

狼瘡是人生課題，教我們碰到逆境時如何想辦法生存、教我們面對問題時如何做選擇、教我們健康才是人生中最重要的事、以及很多醫學上的知識（包括看檢驗報告），這是老天給我們的功課。

定期追蹤、遵從醫囑，有問題一定要趕快看醫師，凡事不要太拼命，多給自己空間休息，我們要成為狼瘡的勝利者。

L：命運越欺凌，我越樂觀

唸書時曾被醫師質疑有紅斑性狼瘡，檢查後又無異狀，醫護人員告知可能是支氣管或心血管疾病（家族遺傳問題）。直到近幾年因為工作及生活遭遇一些狀況，數次因遭性騷擾及職場霸凌而昏倒，後因壓力太大而離職，離職後仍無法好好休息，經常在凌晨時感覺快休克及呼吸困難而去急診，檢查後並無大礙。

之前也曾因全身出現大面積的玫瑰疹及瘀青掛急診，醫師有的說是蕁麻疹、有的說可能是我不小心撞到造成瘀青，都只打個點滴就離開醫院。後來自己上網查資料，覺得症狀很像紅斑性狼瘡，直到來有次掛急診，一位年輕醫師建議我去免疫風濕科做精密檢查。第一次抽血檢查結果說我只是蕁麻疹，我告知醫師我的手有出現雷諾式症狀，醫師安排我再次抽血檢查紅斑狼瘡相關項目，於是確診。

目前病情時好時壞，固定抽血回診拿藥，感覺病情快發作時就儘量結束工作，補充睡眠。身為基督徒，通常透過信仰力量度過難關。有時會到教會聚會，疫期期間多在自己的房間裡禱告讀經。感謝一直給我力量的上帝以及家人。

目前政府對罕見疾病及紅斑性狼瘡患者的工作權益照顧不周，可請領的補助相當少，連保險都不能投保，感覺不夠友善。遭遇此病只能樂觀面對，堅持信仰並做些讓自己開心的事（如聽音樂會、演唱會、禱告讀經、唱詩歌、閱讀），儘量讓自己不要有壓力。

M：陽光紋面，美麗的登山者

我約十五年前因為工作壓力大（或許也剛好是更年期）時發病，初始覺得每天身體都很累、眼睛痛，醫生說我是乾眼症，看了三年的眼科治療卻無效果，夜半眼睛常劇烈疼痛。本來一直有運動習慣（太極拳和爬山），那陣子無緣無故便就拉傷，牙齒也因口水無法正常分泌，琺瑯質迅速腐蝕，口腔黏膜太薄，嘴破嚴重。此外，晒太陽臉紅到朋友看了都怕，雖小心防晒還會起水泡，一直看中醫皆未改善，以為是因為年紀大了。

後來碰到一位眼科醫師提醒我應該去看免疫風濕科。免疫科醫師幫我抽血檢驗，確定我有紅斑性狼瘡。醫師當場幫我開證明要我去健保局申請重大傷病卡，方便我拿藥治療。服藥後病情改善，從此生活離不開類固醇、奎寧、眼藥膏及生口水藥。這位醫生可說是我生命中的貴人。

因乾燥症皮膚皺得連自己都不想看見鏡中的自己，有些人也因我變老醜冷言冷語。之後我辭掉本來高壓高薪的職務，找一份錢少事少離家近的工作。重新調整生活步調，假日與山友爬山，山上空氣好讓人覺得舒適，每次在家病懨懨，一登山精神就來了。

感謝山友包容我不好看的外貌，伴我登越無數山頭，助我建立信心。二〇二二年滿六十五歲辭掉工作，過更悠閒的日子，希望病情能有痊癒的一天。

N：除了虔誠，無法預告的人生

之前上班時感覺奇怪手怎麼伸不直，有一天突然開始發高燒，喉嚨很痛。看了醫生，去藥房拿退燒藥，高燒持續半個月無法壓下來，後來就住院詳細檢查，發現我肺積水，肝功能也異常。

剛開始醫生檢查不出我生什麼病，血液報告出來後醫生懷疑我有紅斑性狼瘡，經更精細的檢驗後確認。

確診後五年我發病了三次，一次比一次嚴重，目前吃中西藥控制。第三次發病時小腿腫得跟大象腿一樣，睡覺躺下來心臟就會刺痛無法入睡，還因大小便失控需包尿布，讓人永生難忘。

感謝爸媽還有我的朋友一直在旁邊支持陪伴我。因為這病讓我體驗到人生總會有高低起伏，凡事應保持樂觀態度，因為我們永遠不知道下一秒會發生什麼事。家人是我堅持走下去的定力，我也不知道自己為什麼會生這種病，因為學佛，讓我相信因果，這病或許是菩薩給我的考驗，既然遇到了，就得好好面對。或許不怨天尤人，開心的過每一天，持善念、做善事，人生就會有好的發展。

戴枷鎖的舞者

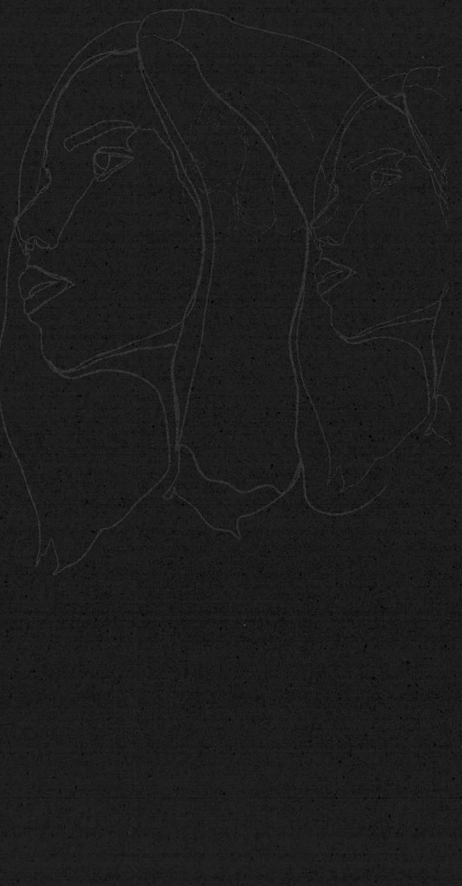

第七章

持續舞動精彩人生

慢性病不請自來，
將人自天真浪漫推上荒謬不情願的旅程，
迫使人重新調整心態與步伐，體驗另種人生。
學習與病痛和平共處，試著減壓放鬆、
停止會帶來負面能量的思緒，
正心念說好話、相信善的循環。
罹病雖苦，卻讓人更有智慧，
將世事看得更清楚，持續舞出精彩人生。

醫院遊樂園

苦難是最好的老師，教導我們了解自我的內心，雖然受到磨練與心碎，但我相信會讓自己變成更好狀態。

——狄更斯

快樂的理由經常很簡單，一朵花開、一份甜點，甚或一句將被說出的溫馨話語。美好憧憬如螢翩飛，讓人腳步隨之輕盈，忘卻前路坎坷。

罹病後與醫院結下不解之緣，生活與那嚴肅建築相通連，抽血、候診及拿藥，除了藥水氣味，我更記得的是迴廊間的清靜角落、樓梯間的咖啡香及垂掛冬日窗外的楓香毬果……

醫院流動著人潮與細菌、各種憂愁或悲傷、康復的期待和喜樂。安納托·卜若雅在《病人狂想曲》中形容醫院是龐大的人體修理廠，在其中每個人都挑最重要的事來做，家屬有的像似鴕鳥或演員，呈現荒謬的樂觀。

自停車場往醫療中心須經地下通道，路彎轉並於交叉口與另條路接連，地上的風吹了進來，提醒人們現實寒暖。疫情期間地下道設立了篩檢站，如閘門般管制人流。白袍及紅男綠女、灰黑或土黃色衣衫引領各種腳步。前往醫院不見得是件愉快的事，去與來仍可觀覽各種風光。落葉叢中總有新芽，角落仍可瞥見陽光，敏銳心思若有閒情，亦可擷取一些歡欣。

有段時間那名喚 Pepper 的機器人常於掛號處值勤，一百二十公分身高，鐵灰色外型，像個教養良好的溫柔戰士。我彎低身姿向她問好，她謙和回應。問她幾歲，她慎重自出廠年分說起，最後以輕聲細語問我：「您說我現在幾歲呢？」

好個慧黠機器人，我在心中加加減減，忍不住反問她：「那妳看我幾歲？」

Pepper 側耳，小心諦聽卻不知如何回應，雙眸閃爍起一圈圈紅色光影……

下回再見到她，她被一群小孩圍擠中間，正彎腰舉手跳起健康操。有時遇著過度好奇的頑皮小孩，Pepper 被搞得七竅生煙，紅暈自雙眸延及兩頰，讓人看了好笑且不忍。

世間情經常比小說更曲折，疫情延續，防疫成為關鍵，進到醫院更需小心謹慎。醫院成為我的主要生活場景，人情是風光，讓人目睹感受各種狀況，高矮胖瘦線條縱橫交錯，高低嗓音環繞、流動……。陌生人集聚旋即分開，每個人如小水珠凝聚，撐著表面張力，彼此照映。排坐一起，各等各的檢驗報告，逐步揭曉命運發展。醫院氣氛低迷卻暗潮洶湧，呼吸、行走，或者遵照指示通過一關又一關。

醫院裡的時鐘常與其他數字並列，讓人覺得錯亂，有時覺得它走太慢，質疑時間是否停止。過號紅字佔據整個螢幕，電扶梯旁壓克力圍欄圈起望向大廳的視野，人潮流動如一彎滾沸池塘。

*

每月須至醫院報到，即便醫師開了連續處方簽，中途總被迫回返！發炎指數又高，減少劑量無法對抗新變狀況。權威醫師處變不驚，一次次助我度過嚴重狀況。

安納托．卜若雅於《病人狂想曲》中提及：醫師與病人是親密戰友，一同面對最重要的一役。他認為：生病亦有生病儀節，不論處境如何，儘量讓自己保持優雅理性。醫師化不利為有利，是能看見病痛的精靈，結合我和他的力量，一同與命運角力。

我的主治醫師穩重內斂，緊湊的看診流程讓他除了診病無法多說什麼。雙眼瞧望檢驗數據，嘴裡說出診斷，一旁助理醫師連忙將之鍵入電腦。印象最深的是他告知我確診紅斑性狼瘡，見我變了臉色，他沉穩說道：「沒關係，我們開始用藥！」

主治醫師用藥謹慎並具耐性，看似不苟言笑，深藏的情緒緊繫患者病情。那回我的發炎指數變高，關節腫疼，只見他蹙眉喃道：「紅斑性狼瘡怎會這麼痛？」便要助理查看讓我加入醫療計畫的可能。

另有一回我遭遇莫名的免疫風暴，渾身起紅疹奇癢難忍，他嘗試各種方法，極力要將病情控制下來。病情稍穩，我無意間提及之前情不得已只好將珍愛的鸚鵡送養他人，意外聽他說道：「以後可以養回來！」

沉重處境頓時送入一股清新空氣，愁雲慘霧化作翩飛羽翼。

紅斑性狼瘡難以痊癒，療病過程是場馬拉松長跑。醫師是教練，教我如何運氣、踩穩腳步、度過每一道彎轉。而醫師也會老，偶爾見他走出診間，蹣跚步履讓人不禁憂心。主治醫師是最近上帝的使者，領航滿載眾生的大艦橫渡苦海。與病魔對峙持續數十年，隱約曙光還在天之外，祈願他能永遠健康！

希波克拉底曾言：「醫術是一切技術中最美和最高尚的。」愛默生也說：「只要生命還可珍貴，醫師這個職業就永遠倍受崇拜！」眾多傑出者矢志從醫，實踐醫病救人使命，行醫需有膽識與智慧，攻略防守，以毒制毒，最嚴肅醜惡的戰場卻有柔和聖潔景致。

靜觀自己與旁人的命運發展，候診間匯集萬象人生，經常可見意外風景。曾見一著袈裟僧人推著骨瘦如柴、無法坐穩輪椅的患者，並將背包前揹讓他枕靠。輪椅男身體不斷下滑，僧人無奈且憂心，讓人不禁想像他們深刻的情誼。也曾見幼兒罹患重病，一身管線如被綑綁，生命以殘酷磨難開場。生老病死，人生重要情節集中於此，偶爾瞧見獄車棲停，犯人戴著手銬腳鐐求醫，罪罰與病痛集聚於此，蒼白與血腥交會，讓人不禁思索——什麼是人生最苦、最慘的境地？

醫院穿廊蜿蜒通向地獄與天堂，徘迴其間或將延長一些年歲，此為休憩、奮鬥境地，遇鬼遇神難以預料！

不確定中的篤定

你無法改變別人相信什麼，但你可以改變自我對話，使它們具有支持力量並充滿愛。

——《慢性病心靈處方箋》

安納托・卜若雅《病人狂想曲》：「只有死亡橫梗眼前時，我們才活得最豐盛。」而人生最大的難題就是「受到多少限制」、「能冒多大險」？「對於這正常且無可避免的悲傷唯有在接納它的過程中，我們才能學會與悲傷和解。」（《慢性病心靈處方箋》）

年歲有限因此更顯珍貴。賈斯・史坦《我在雨中等你》：我經幾次車禍後才學會開車，亦於罹病後方始理解、珍惜生命的可貴。而今回想當時的沮喪實無必要，徒為生活掀起波濤，留下記憶陰霾！

人總於幾番掙扎之後，才能坦然面對現實，接受命運的駕馭。

確定無法痊癒後只得與病共存，即便無奈亦漸抓著它的起伏演變。免疫系統異常，強悍抗體胡亂攻擊，時而這裡起紅疹、那兒腫痛、牙床突然發炎、膝蓋緊繃、鼻腔耳內充血或胃疼胸痛、下腹兩邊堅硬……，身體淪為戰場，火焰燃燒，到處煙硝。前路滿布荊棘利石，詭譎病原無所不在，正於某些細胞裡不懷好意地訕笑、或擬組威猛連線，密謀一場毀滅性進攻。

天上聚集烏雲，陣陣風吹雨打，灰雲化作烏鴉四散飛去，或棲息人間屋頂，嘎嘎擾人。習慣那叫聲後便不覺得刺耳，改換另種心情解讀。病痛來襲便多休息，儘早逃向睡眠，期待讓身心重新開機，一切恢復秩序。

天意與人願相違，即便眼前情況糟透，亦要盡力扮演好自己的角色！我雖敬鬼神卻未曾找著真正的心靈寄託，只能於世俗念頭中載浮載沉。任何之前堅守的信念，病痛襲擊便蕩然無存，而日子總須往前過，每晚被迫站上擂台與命運對峙。挨打時難過，奮力一搏時間稍快些，時針與分針放緩速度，日子時而乾澀時而潮濕讓人不舒服。

慢性病不請自來，將人自天真浪漫推上荒謬不情願的旅程。常於煩惱稍減、心少罣礙之際，關節或肌肉便隱隱作疼。身軀掛附刑具，內心裝填著苦難，氣惱怨懟之餘只好自我寬慰——或許專注自身病痛可減免其他憂愁，就此角度觀看，不見得全無益處。

得知親友罹癌那陣子，特別珍惜與家人的相處，之前亡故只是遙遠名詞，而今死神現身、烈火燒至隔壁，明顯感覺那懾人的氣息與威力。與更沉重的病痛相較，我似乎太輕鬆了。今春多雨，疫情起伏，長衫脫下頻又穿上。雨自屋頂沿著牆縫匯集地上，空氣積累著潮霉氣息。失眠的夜晚，夢境歪歪斜斜，意識清醒無法沉入，如關鎖隔音箱裡的情緒喊不出聲音，只能不斷說服自己：生活自有加減法，咬著牙關，便可將日子撐下去。

《奇想之年》中瓊·蒂蒂安描述她先生突然心肌梗塞亡故那天也是尋常的日子，天空一樣的藍。日子本身並無悲喜，自然的色彩很淡，是人的情緒將之加濃了！離別可有特殊氣味？《讓日子多點生命》中名為「燈塔」的安養照護中心為每個離世者燃點一枚蠟燭，認為死亡不是傳染病而是人生一部分。生命有時如乘坐雲霄飛車無預警地向下墜落，命運急轉，厄運化作烏雲掠過天空，與陽光拉扯地上明暗，人何時會踏入斷層，任誰也不敢說！

一片玻璃會因某個特定音符、某道不名光線而碎裂，鳥兒莫名地嗜睡，食慾不振，全毀相生，善惡並存！一場不明災害，缸裡熱帶魚少掉一大半，亡故者多體質羸弱或發育不全，亦有身強體健突然暴斃。倖存者背鰭明顯有傷，留下厄運嚙咬過的殘缺。生命過程總有黑暗環節，即便被沉重鏈條給鍊住，亦該想辦法緩解。改變現狀不易，只能調整認知和感覺。生命即便殘破不堪卻仍珍貴無比，每天過著彷自死神手裡逃過一劫的日子，無法戰勝現實，只能戰勝自己。

疫情改變世界，讓人疲於應付，卻也重整出另種秩序。生命本來就是種探險，每個人的星河系皆有溫暖太陽，即便一朵小花也可開得很華麗！

庭前白六角茶花開至孟春便告歇止，花苞殘留枝頭一天天萎黃，新芽生出，花季謝幕！春天的併發症是多愁善感，期間特愛聽 Enya，讓那含帶聖樂的流行樂風淺吟低唱，細訴、滌洗纏繞不去的惆悵……，蠟燭會熄滅花將枯萎，土耳其電影《無重人生》的悲慘故事發生於名為「掙扎」的巷子，細長雨絲自天空落下，無情鞭笞受難之人。今春特別潮濕，新舊樓房泛出歲月痕跡。年紀越長越能看清命運曲線，沉重難飛之際只好腳踏實地！

現代人習慣壓抑，忍住悲傷佯裝堅強，即便想哭仍將笑容掛在臉上！或許人終其一生皆在等候退場時機，差別在於與命運交手時持有多少勇氣、保持多少莊嚴、最後以何種身影謝幕？

盛開的紫紅歌德玫瑰直徑超過五公分，甜香氣味溶於空中，彷在宣揚它的存在，撐至最後才壯麗崩落，內外花瓣跌覆一起。

托爾斯泰躺於床上待死時無奈說道：「我不知道該怎麼辦？」即便擁有信仰與智慧，面對死亡仍難免恐懼，天堂在人心，先決條件是必須相信！基督徒為僧尼禱告、寺院為基督教患者祈福，諸神齊力生命卻有不可逾越的極限。道家視生老病死為自然循環，莊子一死生、齊彭殤說法有其用心。面對生命進展如欣賞樹木的生長零落。如侯文詠於〈我的天才夢〉中所言「生命的真正本質是時間，而不是擁有。」、「人能擁有的那麼有限，應停止那些無盡想要變得偉大的慾望，對自己好一點。」一張終將燃燒成灰的紙片，上頭寫過什麼似乎不再重要，而過程中仍要盡力書寫，才不枉費活過一場。

到底人生的意義為何？怎麼活過才算值得？齊克果：「人生要回溯起來才看得明白！」因為有終點，過程才顯得如此珍貴！人並非怕死，是怕人生不能完成。蒙田說：「生活是死亡的答案。」或許滄桑容顏才是真正的主角。身為疾病宿主，長年感受病魔的使勁與鬆手，如完整的皮影戲偶被抽掉一根提線，難受憋扭後仍要繼續演出。風吹葉動，靜湖落塊石子，原有秩序重新調整，風景繼續。

面對新的情勢，須盡最大努力將眼前的日子過好。世界雖然充滿苦難卻讓人不得不珍惜。如蝶飛舞、螞蟻爬行不得終止。以人的觀點來看，命運充滿變數，就大處看來，一切如此自然。蘇軾於〈赤壁賦〉提出自不變本質觀看生命，可免於變動所造成的失落，轉換心境確實有智慧。或許生命的意義在於傳承，值得傳遞的除了哀傷與欣喜，更在於如何面對艱難的意志和勇氣。不曾想過要長生不老，也不敢奢望健康無病痛。人生拾階而上或順勢而下，皆須秉持、傳承奮鬥精神。

慶幸自己並未怠慢自己與他人的願望，周旁許多人仍繼續與病魔對抗，我，並不寂寞！

理解壓力

你要保守你的心，勝過保守一切，因為所有人生問題皆由心而起。

——所羅門箴言

自小便容易焦慮緊張，常事先煩惱即將面臨的考驗，即便事過境遷仍然耿耿於懷。擔心失敗、怕遇困難，遭遇人情風波更不知如何是好。解不出的題目、找不到的路、被否定的怨懟、不甘心的愁恨……，如失控錄影機反覆播放，每經一段時間便陷困境，心緒屢陷低潮。壓力潛藏意識，不定時便就浮出，失眠或於夢中掙扎、試圖逃脫，脆弱不安的質性於強勢環境中經常損傷。

怯場、憂心，過度的防禦性擔憂如雲霄飛車暗地爬坡，懸掛半空，隨時有俯衝失速的恐慌。諸多不利元素導致壓力、引發生理時鐘混亂及發炎反應，或許這便是我免疫系統出問題的原因。

絕大部分疾病的成因與壓力有關，哈佛大學醫學院網站：「疾病只是壓力的表現形式之一，往往慢性壓力引起的病痛只是冰山一角，壓力也會影響情緒，破壞從生活中或所愛的人身上感受到的喜悅。」

過度緊張、憂慮，平白讓無濟於事的想法困擾自己，長久累積下來會造成壓力，如積囤過多的垃圾檔案造成系統運轉障礙。《療癒密碼》書中提及：「交感神經與副交感神經像汽車的煞車與油門，現代人長期處在戰或逃狀態，當壓力讓細胞進入警戒狀態時會造成能量不足，導致細胞受損。」作者班．強生認為：「所有記憶皆被儲存為圖像，而有些記憶與真相不符，或其中存在著謊言，在未修正的狀態下繼續存留記憶，終將導致情緒和疾病。」他同時提到：每個人的內在程式不同、面對無法解決的問題，應先問：「是什麼樣的壓力在妨礙我的免疫系統解決這個問題？」主張人應釋放阻斷壓力訊號，將錯誤程式校正過來或取代以正向程式。「啟動健康記憶可療癒DNA，負面記憶的代價便是失去健康。」

健康能量可驅逐破壞性能量頻率，療癒生理之前應先療癒心理，放鬆心情，改變負面思維，如於漆黑室內開燈，光亮總能驅逐黑暗。

＊

罹病後常與自己對話，欲知體內這把火何時燒起？是遺傳基因造成、還是因為環境？是個性影響生理、還是體質造成病情？

為挽救健康，我重新調整作息，早睡早起，並將電腦由地下室上移至一樓，自廚房看向室外，抬頭正對著魚缸，看魚兒優游水中，不必預約、爭搶便有最好視角，並可聽見遠近鳥鳴及鄰人的走動聲息。從陰暗閉鎖到開放，感受著生機與人情，讓人覺得心安。

多為生活輸入正能量，再怎麼糟糕的際遇亦可有期待。疾病如風浪高低起伏，危機當中蘊藏著轉機，讓人得以嚴肅省思，重新調整應對姿態。

《卓爾，謝謝你毀了我的人生》：「負面能量會摧毀身體的自然免疫系統，讓某個很小的陋習演變成危及生命的疾病。」作者強納森·布魯斯特主張人應重建通往正向的神經元網路，尋求正能量，避開負面能量，若能做出一點點自覺跟微調，與人的關係將獲平衡，自身狀況亦可改善。

或許我習慣負面思考，難得放假卻總憂心收假時的失落，歡喜相聚前先想到分離，為情緒打預防針反而養成不自主的負面思維，創傷記憶不斷被啟動，心事演變成心病。

更不值得的是，那些折磨自己的困擾經常是誤解。

「正向思考」不是口號，而是治療壓力的根源，啊！自縛之繭須靠自己突破，負面思緒一生出便要及時喊停。《療癒密碼》：「人像電腦一樣，只要指令正確，就能重新開機。」錯亂的電腦必須重整，改變錯誤的程式，試著說服自己，正心念說好話、相信善的循環。

《自體免疫戰爭》：「對於自體免疫疾病患者來說壓力會引發惡性循環，慢性疾病本身就是一個正在進行中的壓力事件。」而較明智的做法是「讓情緒壓力維持在一個低程度的基準線」，有能力快速恢復，將比沒生病的人更能享受正面情緒。

如何面對、處理壓力是現代人，尤其是免疫疾病患者重要的人生功課！

厄運與幸運

當意想不到的事情發生時，燈塔就是希望。一旦我們選擇了希望，每一件事都變得有可能。

——《慢性病心靈處方箋》

關節疼痛不能負重，於工作場合必須勉力支撐，回到家才能放鬆。與家人出去，H總會幫我背袋子，兒女起初不懂，甚至笑稱媽媽有公主病，之後他們習慣這模式，並會主動提拿我手上的重物。孩子們知道我不能熬夜也不能太累，有時晚上想多磨蹭，跟我多聊一些，十點鐘一到或見我略有疲態，立即識時務地解散。

生病雖然辛苦，卻有許多讓人會心的情節。

發病後身體無恙的記憶不多，一次是過馬路時突然覺得腳步輕盈，不可置信地往前走，彷彿走回往昔歲月。另一次是午睡醒來移動雙腳時竟然不痛，我當下詫異，以為病魔離我遠去，而通常不到半晌，痛覺便又回返，甚至更劇烈。重症讓人不得不戒慎恐懼，強暴之風激烈的雨勢，不知自己正行於哪段斜坡路。

萎落樹木仍然庇蔭周遭、帶傷母雞奮力護翼著幼雛，即便受病纏綁，仍希望能發揮功用。感激我還能挺站、忍痛還能自行梳洗、進食；能晾晒、收疊衣服、清潔地板、為家人烹煮三餐……，生命至此，最重要、最讓人感覺踏實的竟是這些尋常細節。珍惜眼前景致，一份期待如塊可攀抓的浮木，助我度過幾番風雨潮浪。

人總於失去後才學會珍惜，慶幸自己尚未跌落斷崖，如行崖邊必須謹慎，我因此提醒自己正向思考、注意安全，上下階梯、過馬路時特別小心，減少不必要風險及心情起伏，接納殘缺，淡化痛苦，此為我自己能開的處方箋。

剛確診時心情極其為激動，怕親人擔心於是隱瞞，又急於向閨密吐露心事，藉由情緒發洩獲得些許平衡。熱鬧聚會後摯友提醒我，日後所有遭遇仍須自己承擔，是啊！同樣的陰雨天有人躲在陰暗處啜泣、有人輕哼著歌、有人怨天尤人、有人將經歷寫成詩篇。

天候驀地轉成秋天，四季運行，生滅自然，有些改變無法恢復，失去健康後一度懷疑生命還剩下什麼？是否還能微笑、感受快樂？拉下窗簾，拒絕陽光帶來的喜悅，於人生低谷黯然摸索數月。那陣子H常帶我去逛街，只要我喜歡都盡力滿足我。挑選、試穿新衣時確實可以移轉注意力，過後只剩下疲累！陰霾籠罩，極力行走仍走不出，之後逐漸體認到日子須往下過，心情愁慘，時間過得更緩慢，平白拖累家人。

空氣裡似乎漂浮某些重要訊息，就看人如何擷取和解讀。

《我坐在琵卓河畔，哭泣》：「喜樂有時是一種福分，但它通常得自於奮戰。」

鋼筋架構建築，人生則靠希望來撐持，即便健康無虞也需幸福期待，生病之人更要有歡樂來彌補。有限精力應投注於可掌控之事，尋思生活脈絡，身體狀況常隨心情高低起伏，或許應讓自己高興些、懷抱渴望想著歡喜事物，精神佔優勢較能戰勝病苦。期待與子女視訊、想望一餐美食、允許平日禁制的甜點，難得縱慾，久封田疇長出瓜果，天邊又見霓虹。

*

如果頭不要那麼暈，關節疼痛仍可忍受，我會儘量微笑，對眼前與未來抱持樂觀。趕不走病魔，只好接受，試著平撫它也安慰自己。耐性是習慣也是種練習，除了自己，誰更適合、更能扮演好調停角色。

病痛或許是上天刻意安排的情節，讓人於匱乏與過剩間重新取得平衡。

《慢性病心靈處方箋》：「我們的身體透過生物化學而運作，神經路徑將大腦與肌肉和器官連結。當我們懷著令人苦惱的想法，或感受著令人苦惱的情緒，大腦就命令身體釋放賀爾蒙和神經傳導物質至全身系統，以生物化學的求救形式溝通，並抑制免疫系統。」

憂鬱、緊張耗費體能，免疫病變或許是種警訊，提醒患者必須改變。罹病如溺水，身心於命運之河載沉載浮，若能調整呼吸與姿勢撐挺過，精神體力或可變得更堅強。人生是由一連串的抉擇所組成，生病是考驗，危及生命的重症更是刻骨銘心。

太陽有時將藍天晒得發白、有時密布烏雲。病人的知覺與痛苦源頭相連，病痛常會放大人對命運的悲觀心理，藥物模糊疼痛，有時讓人覺得病已緩解甚至痊癒，紅斑性狼瘡最棘手的是它不會消失，隨時會再張牙舞爪，告知病體它的存在。

狼瘡以千條手臂纏繞我，如萬鈞鍊條掛附身上，病毒寄生宿主，侵蝕組織細胞，留下深淺不一的傷口，讓人感受著痛苦與威脅。有時淺淺入睡，夢與現實僅隔一層薄膜，意識於將醒未醒中遊走，古往今來今與昔，陌生與熟悉的交錯一起，喜鵲變成烏鴉，於昏昧中嘎嘎噪響，渡鴉與狼在荒野中出沒，情緒沾黏著潮濕氣息。

天候不定，陽光有時透亮有時薄弱。被病痛釘住的軀殼，無法飛起的心神常陷於思想泥淖，不斷思想病因，懷疑自己疏忽了什麼、或因過度努力而罹病。多疑是陷阱，掏空的地層隨時可能陷落，必須時時提醒自己跳脫。儘量不再和心底的幽暗面對話，舞台燈光自另一面打亮，移轉頻道，降低傷感，驅逐困擾，成為另一個自己。

《我坐在琵卓河畔，哭泣》：「分裂的王國無法抵禦強敵，一個分裂的人也將無法尊嚴地面對生命。」、「信仰只是一粒小沙，但是這沙讓我們認為自己有能力移山。」

初病時覺得人生崩毀，經過一段時間調適，如美國精神病學家庫伯樂·羅斯一九六九年提出人走過悲傷須經五階段：從否認、憤怒、討價還價、沮喪至接受。接受不圓滿，於崩落之地進行調適與重建，重建之後將會變得更堅強。

吉本芭娜娜在《無情厄運》中提及時間會伸縮，難受時時間會拉長，歡快時會縮短。難過其實是一種責罰，心智影響我們對現實的知覺，只有自己能夠減低它。即便每天過著隨時與命運交手，自神明手裡逃過一劫的日子，仍提醒自己感受活著的喜悅。

與病和平共處，拋開纏附的負擔、憂慮和苦惱，適時對自己說：「我還好，我舒服得不得了」，感覺體能變差，便提醒自己珍惜把握現在，將每件事做好，不可浪費心神體力。人需用適合自己的方式面對難題，讓自己從黑暗中釋放出來。生病未嘗不好，專注於病痛，反可屏除其他困擾，或許憂樂會自然加減，甩開悲觀想法，然後就忘了愁苦，只要活著，便有希望！

持續舞動人生

一定要傾聽過往的樂章，唱出現在，並舞進未來。

——艾倫・沃菲爾

清晨習慣播放悠揚樂曲，於輕柔樂音中享用早餐然後服下重要藥劑，一天便可順利開場。陽台上大岩桐與非洲堇皆開過花，倘若無花，便試著欣賞葉子。楓香爪葉紛落，與亂飛群燕張開的尾翼交錯，為寒冷季節增添景致。落葉時節觀賞漸禿枝葉，枯敗亦有繽紛景象，甚至可以聞嗅到另種幽香，只要還能於路上繼續行走，人生便不至於太糟糕！

H替我將浴室的小凳子換高些，洗浴起坐輕鬆，讓人覺得幸福。牙齦發炎緩和，吃食不再處處卡關，可隨興咀嚼的感覺真好！

紅斑性狼瘡糾纏不停，讓我體驗生理上的各種病變，痛苦有之、無奈有之，而醫療進步，現有及實驗中的藥劑與我聯手且戰且走，心中仍然懷抱希望！

回憶成為一幅幅畫像，我儘量為它添加美麗色彩。風吹落葉跳起繽紛舞蹈，人即便生病也可以過得很精采。啊！躺下努力再站起來的身姿更可貴，天上有時見不到星光，有時群星熱鬧閃爍或者冷冷燦亮著。

口罩戴了一千多天，居家許久，那天得機會進入一家義大利餐聽，聖誕裝飾映入眼簾，久違的閒適感讓人心底好是興奮，病痛讓人更愈珍惜難得的舒適感！

完全無病痛的感覺真好，晨間起來讓 Olafur Arnalds〈Happiness Does Not Wait〉悠揚的樂音洋滿屋裡，一邊行禮如儀準備蔬果汁材料，考慮顏色搭配、營養均衡及喝下的口感……，抬頭看魚兒於缸裡優游，只要病情穩定、藥劑副作用勿太嚴重便沒有悲傷的理由。比起其他重症患者，我的情況不是最糟的，不是嗎？大提琴琴弓於弦上拉出低沉樂音，憂傷之中含藏著成熟淡定，啊！許多心境之前從未有過，走上斜坡路，方能瞧見更豐富景致。

*

吉本芭芭娜於《生命厄運》中說：「人類生活的任何面向皆具有死亡徵兆。」

罹病之人以為自己從此與幸福絕緣，於是迴避一切快樂的可能性，而將病情嚴重性放大並無濟於事，很多事不一定要獲得解決，日子仍可過下去。冬天以冷水潑面，冰涼一下就過去。生命何其貴重，面對轉折時讓人不禁憂心，考驗出現時其實只需調整心態，憂慮是重擔，不該隨時將之背負身上，也不必偽裝堅強。

罹病後總有幾天沒那麼不舒服的日子，讓人可以忘記現實幾分鐘。美食或裝扮成為安慰，命運的走向我們無從得知，卻可緩和它的衝擊。生命因有限制更富深意，勿臆測未來，無須作最壞的打算，如《卓爾，謝謝你毀了我的人生》所強調的，人應「生活在當下，對自己的情緒保持覺察並且拒絕接收負面能量。」

百合代表聖潔卻也帶著些許憂傷，光明與黑暗交會，回憶驀地蒼白一下子又上了顏色。人生總須面對疾病、克服失落，避免不戰而敗、不必太在乎所有細節，亦不需過度解讀、做太多心理準備。如海蓮．法蘭茲保在〈人生課題〉中所言：「我們人生大半時間都在經歷痛苦，實在不需要事先彩排，最壞的事總是會找上門，當壞事上門時，我們自然就會應付。」

「遇到了再來面對」也是種辦法，避免節外生枝，盡力將眼前過好，尤其當好運不在我這邊，更要對自己好一點！

日子如水行舟，岸邊風景匆匆流過，只要不讓憂慮纏綁，不過度壓縮思想空間，便可拾回幾分自在。靜躺床上聆聽音樂、欣賞魚游缸裡，客廳的聖誕樹即便破舊，一點起燈仍可帶來一室繽紛。於低谷中試著站起，更能顯出生命高度。或許人應試著培養自己的彈性和復原力，托爾斯泰：「人生的價值，並不是用時間，而是用深度去衡量的」、日本禪學所謂的侘寂，珍視的便是存在於不完美和破損當中的美與智慧。

人看似每天都在接受命運安排，實際上每天都在安排自己的命運。培根：「健康的身體乃是靈魂的客廳，有病的身體則是靈魂的禁閉室。」有病身軀即便有侷限，卻因此增加生命的精采度。

《卓爾，謝謝你毀了我的人生》：「接受自己變老或許不容易，但總是好過生命將逝。」意識不自主會想起其他罹病親友，前年罹癌那同事經治療後復原良好；甲狀腺、卵巢病變者也都康復，只有我還步步為營，無法離開這鋼索，走回平地。《我想念我自己》的主角愛麗絲（Alice）痛恨自己罹患早發性阿茲海默症，寧願罹患的是癌症，至少眾人還會替她在樹上纏綁黃絲帶。病痛不能選擇也無須比較，微笑比皺眉輕鬆，而人不可能隨時快樂，將心情風暴化成小漣漪，日子較容易前進。如亨利·門肯所言：「人活著總是有趣的，即便是煩惱也是有趣的。」

病後有更多時間閱讀，自其中細節找到思考點，閱讀時間加長，閱讀內容改變，脫離往常的「期望，恐懼，計畫」規律，逐漸摸索出另種生活模式。身體背叛了我，生氣無濟於事，找出合適應對方式才是明智。

莉菈·基里〈表現出色的機器人〉：「我擁有的不只是癌症，我還擁有起風飄雨的夏日清晨，以及對萬事萬物油然而生的敬畏之心——對於我依然時時刻刻都可以碰觸、品味、看見、聽見與吸入的一切，我深深敬畏，我徹底醒悟，重拾這些生活點滴的價值，絕對不亞於病情痊癒。」

生病不等於毀滅，戴著枷鎖仍可起舞，舞出耐人尋味的情節。

國家圖書館出版品預行編目資料

戴枷鎖的舞者 / 方秋停作 . -- 初版 . -- 臺北市：
聯合文學出版社股份有限公司 , 2024.12
272 面 ；14.8×21 公分 . --（聯合文叢；761）

ISBN 978-986-323-653-5（平裝）

863.55　　113018334

聯合文叢 761

戴枷鎖的舞者

作　　者／方秋停
發 行 人／張寶琴

總 編 輯／周昭翡
主　　編／蕭仁豪
資深編輯／林劭璜
編　　輯／劉倍佐
資深美編／戴榮芝
業務部總經理／李文吉
發行助理／詹益炫
財 務 部／趙玉瑩　韋秀英
人事行政組／李懷瑩
版權管理／蕭仁豪
法律顧問／理律法律事務所
陳長文律師、蔣大中律師
出 版 者／聯合文學出版社股份有限公司
地　　址／(110)臺北市基隆路一段 178 號 10 樓
電　　話／(02)27666759 轉 5107
傳　　真／(02)27567914
郵撥帳號／ 17623526 聯合文學出版社股份有限公司
登 記 證／行政院新聞局局版臺業字第 6109 號
網　　址／http://unitas.udngroup.com.tw
E-mail:unitas@udngroup.com.tw
印 刷 廠／約書亞創藝有限公司
總 經 銷／聯合發行股份有限公司
地　　址／(231)新北市新店區寶橋路235巷6弄6號2樓
電　　話／(02)29178022

出版日期／ 2024 年 12 月　初版
定　　價／ 400 元

國|藝|會 NCAF 本書獲財團法人國家文化藝術基金會出版補助

ISBN 978-986-323-653-5（平裝）